나는 실수로 투명인간을 죽였다

나는 실수로 트빙이가를 죽였다

라우라 슈밤 장편소설

팩토리나인

목차

프롤로그

이제부터 내가 직접 겪은 일에 대해 이야기해 보려 한다. 세상에는 보이지 않는 존재들이 있다. 우리와 비슷한 크기로, 우리와 같은 언어를 쓰며 살아가지만 눈앞에 있어도 볼 수 없는 존재들. 투명인간이라고 불러 마땅한 존재들이 기척을 숨긴 채 우리 사회에 섞여 살아가고 있다. 이것은 내가 어느 날 투명인간 한 명을 죽이게 된 이야기이다. 증거도 목격자도 없다. 보이지 않는 것들에 대해 말하기 위해 많은 용기가 필요했다.

1장

보이지 않는
시체

내가 사는 투룸 자취방은 현관문을 열고 거리로 나가려면 반드시 계단을 올라야 했다. 반지하 생활자의 숙명이었다. 집을 나설 때마다 하는 생각이지만 계단은 야박하고 꽤씸한 물건이다. 20센티미터 높이의 계단을 하나 오르기 위해선 최소 21센티 이상 발을 올려야 했다. 18, 19센티 정도 발을 들고 계단을 오르겠다 주장할 순 없다. 최소한의 합격선을 넘지 못한 자에게 세상은 반 계단조차 인정해 주지 않는 법이다. 이 계단의 법칙이 나를 반지하에 살도록 만들었다. 늘 15센티 정도 발을 들었다가 포기하고는 금세 다른 계단을 찾아 전전해 온 결과, 나는 스물아홉 살의 나이에 미처 한 계단도 못 오르고 층계 앞에서 탭댄스만 추고 있었다.

적당히 좋은 대학을 나온 아빠는 늦은 나이에 시험에 통과해 전문직으로 일을 시작했고, 시험 동차 합격생이자 두 살 연하인 엄마와 결혼했다. 촌구석 사람이었던 부모님을 강남에 입성시킨 것은 공부의 힘이었다. 그런 두 분의 교육열이 높은 건 당연했다. 어째서 그 둘 사이에 나 같은 괴짜 아들이 나왔는지는 유전학자도 모를 일이었지만. 중학교에 다닐 때부터 공부가 적성에 안 맞아 각종 운동과 악기를 배워봤지만 모두 적성에 안 맞았다. 고3을 앞두고는 한국 교육 자체가 적성에 안 맞는다며 부모님을 졸라 유학길에 올랐다. 어학원을 세 번이나 옮기며 겨우 들어간 삼류 대학에서는 공부를 뒷전에 두고 게임에 빠져들었다. 취업문에 노크도 해볼 수 없는 낙제점 가득한 성적표가 6년 유학 생활의 결과물이었다. 양심에 찔려 나갔던 면접 스터디에서 나는 불현듯 내 진짜 적성을 깨달았다.

'목소리가 꼭 배우 같네요.'

스터디원이 반 농담 삼아 건넨 한마디가 내 가슴에 불을 질렀다. 끈기 없이 진로를 바꾸면서도 매번 부모님의 지원을 이끌어 낸 진심 어린 표정과 빛나는 눈빛. 돌이켜 보니 내가 가지고 있는 것은 바로 연기의 재능일지도 모른다는 생각이 들었다. 살면서 잘생겼다는 얘기는 못 들었어도 느낌 있게 생겼다, 인상 특이하다는 얘기는 자주 들은 편이었다. 멍청하게 생각 없이 사는 중에도 여자 친구가 꽤 있었으니 매력도 있는 편이라 생각했다.

그날 나는 구직을 포기하고 연기 학원에 가겠다고 엄마, 아빠에게 선언했다. 하지만 결과는 이전과 전혀 달랐다. 20년 넘게 참았던 것이 폭발한 것처럼, 두 분은 전에 없이 노여워하며 내게 줬던 신용카드와 아파트 출입 카드도 압수해 버렸다. 친구에게 꾼 돈으로 피시방에서 노숙하던 나를 찾아온 엄마가 내민 것은 반지하 집의 보증금과 한 학기 학원비였다.

'내가 마지막으로 속아주는 거다.'

엄마의 말을 통해 그것이 집에서 받을 수 있는 마지막 지원이라는 것을 눈치챘다. 뒤늦게 주식 공부에 매진 중이던 아빠는 '내 인생 최악의 재테크는 바로 너였다.'라는 말을 남겼다. 내가 유학을 갔던 사이 치과대학에 진학한 동생은 더 이상 나를 형이라고 부르지도 않았다. 이렇게 나는 집에서 쫓겨났다.

그렇다고 실패의 길만 걸어온 것은 아니다. 연기 학원 선생님은 발성이 어설프지만 몸짓은 호소력 있다며 나를 오디션에 추천했고, 그 덕분에 연기 연습 10개월 만에 광고 영상 뒷배경에서 마임 연기도 할 수 있었다. 내가 내실 없는 한량이라는 것을 모르는 학원 동생들은 나를 성실한 맏형 취급을 해줬다. 태어나서 처음 해본 호프집 서빙 아르바이트에서도 꼼꼼하다는 칭찬을 들었다. 지하로 떨어진 자존감이 약간씩 회복되고 있는 시기였다. 뭐, 그래 봤자 '그들' 앞에서는 한낱 초라한 소꿉장난일 뿐이겠지만.

나는 쓸쓸함을 삼키며 마을버스로, 마을버스에서 다시 지하철역으로, 지하철역에서 다시 10분간 걸어 약속 장소에 도착했다. 오랜만에 저녁 약속이 잡힌 곳은 내가 나고 자란 대치동의 학원가였다. 경일고 1학년 3반 동창들은 강남 8학군 출신 티를 내고 싶어서인지 꼭 이곳에서 모였다.

"야, 홍한수. 10분 늦었다. 연예인이면 늦어도 돼?"

"부끄럽게 연예인이 뭐냐. 아직 배우 지망생이야."

내가 2층 바에 도착했을 때 네 명은 이미 양주를 시켜놓고 기다리고 있었다.

"그러고 보니 한수 광고도 찍었지. 나 유튜브로 봤는데 그 뒤에서 막 변태처럼 손짓하는 거 뭐였어?"

"마임이라잖아. 무식하긴. 한수도 빨리 한잔해. 너 요즘 이런 술 못 마시잖아."

"새끼들. 니들 덕분에 노란 술 마신다, 내가."

든든한 배경과 강력한 지원을 바탕으로 그들은 이미 사회에서 한자리씩 차지하고 있었다. 물론 나를 제외하고 말이다. 반장이었던 지훈은 행정고시에 합격해 5급 공무원으로 임용되었고, 입학 성적 전교 2등, 졸업 성적 전교 2등이었던 재수는 대학병원에서 인턴 코스를 밟고 있었다. 학창시절에는 평범했던 기중과 윤환도 각각 금융계 공기업과 대기업 본사에서 근무 중이었다. 그들이 나를 끼워주는 이유는 인생 망가진 동창을 안줏거리로 삼기 위해서라는 것을 나도 알고 있었다. 내가 은근한 비웃음을 감내하면서까지 그들을 만나는 이유는 혹시나 나중에 도움이 될까 해서였다. 비열함과 비굴함, 동창 모임을 굴리는 두 개의 요소였다. 그나마 다행히 나는 빌붙어 먹기에 특화되었기에 그들의 말에 큰 상처를 받지 않았다.

"근데 채기영 개는 아직도 연락되는 사람 없냐? 우리 모임 원래는 여섯 명이었잖아."

재수가 입을 열었다. 이 모임의 고정 레퍼토리 하나가 오늘은 다소 일찍 나왔다.

"한수 네가 연락 좀 하지 않았냐?"

"기, 기영이 연락처는 아직 있는데. 진짜 연락해 봐?"

나는 기영에게 메시지를 보냈다. 〔기영아, 잘 지내지? 연락 좀 하고 살자~.〕 애써 친근한 척 보냈지만 그에게 답장이 없으리라는 것은 알고 있었다. 대화 창에는 내가 그동안 보냈던 안부 문자들만이 쓸쓸하게 쌓여 있었다.

"이해 안 되는 것도 아냐. 전교 1등만 하던 애가 인생이 망했으니까 잠수 타지."

"인생 망하다니? 개 서울대 가지 않았어?"

"서울대 나름이지. 목재학과? 거기 나와서 뭐 하고 사냐?"

"그러게 사채라도 써서 의대를 갈 것이지 장학금이 뭐라고. 인규 알지? 개가 도로에서 봤는데 기영이 트럭 운전 하고 있대.

무슨 화물 트럭같이 엄청 큰 트럭 있잖아. 그거 몰고 있었대. 아마 서울대 가서 행시나 고시 준비했겠지. 근데 자꾸 떨어지고 걔네 집 형편도 별로니까 아무 일이나 시작하지 않았겠냐."

"야. 안 믿겨. 경일고 1등이 트럭 운전을? 하긴 차는 이중에 제일 비싼 거 몰겠다. 안 그러냐?"

그들은 한바탕 웃어댔다. 나는 이 대화를 옆 테이블에서 들을까 부끄러웠다. 기영은 장학금이나 가정 형편 때문에 의대 진학을 포기한 게 아니었다. 기영은 의사가 되기를 원치 않았다. 진심으로 자연을 좋아했고, 순수 학문을 하고 싶어 했다. 다만 기영이 트럭 운전을 한다는 것은 나도 처음 듣는 소식이었다. 나는 그런 소식을 들을 자격도 없는 죄인이었다. 부모님의 지원이 끊겼을 때 기영에게 돈을 여러 번 빌렸으면서 먼저 연락을 끊었기 때문이다. 몇 달 뒤에야 아르바이트해서 번 돈으로 빚을 갚으려 문자를 해봤지만 이번에는 기영이 연락을 피했다.

"근데 기영이 대학 생활도 잘했어. 장학금도 놓친 적 없을걸?"

"그래. 그러니까 우리 중에 제일 비싼 차 몰잖아. 하하."

기영에게 빚진 마음 때문에 소극적인 변호를 펼쳤지만 그들에겐 통하지 않았다. 고고한 1등의 추락만큼 맛있는 안주는 없는 것 같았다. 나의 실패가 곁다리 안주라면 기영의 실패는 메인 안주인 셈이었다. 기영은 몇 년째 이 모임에 끼지는 않았어도 늘 자리의 주인공이었다.

"살아보니까 배경이 진짜 중요한 것 같아. 지훈이처럼 근본부터 관료 가문이거나, 기중이나 윤환이처럼 아버지가 임원이라 확실히 끌어주거나, 하다못해 한수 봐봐. 부모님이 빵빵하시니까 저렇게 놀면서 살아도 걱정 없잖아. 배경이 없으면 기영이처럼 재능이 있어도 못 펴."

"너야말로 아빠가 병원장인데 뭐가 걱정이냐?"

그들은 그 뒤로도 한참 걱정을 빙자한 뒷담화를 떠들다가 이내 내가 끼어들 수 없는 주식이니, 상가 분양이니 하는 얘기로 넘어갔다. 양주병이 비어가고 자리도 슬슬 파할 때쯤, 갑자기 핸드폰 진동이 울렸다. 놀랍게도 기영이 답장을 보낸 것이다. 그런데 기영이 보내온 문자는 다소 당황스러운 내용이라 나는 멍하니 핸드폰 화면만 바라봤다. 낌새를 눈치챈 지훈이 내 핸드폰을 뺏어가 버렸다.

"야, 채기영 답장 보낸 거 아냐? 뭐래? 뭐래?"

"와. 대박. 얘 뭐라는 거야? 얘 망하더니 왜 이렇게 실없어졌어?"

기영이 보낸 메시지에는 사진 한 장이 첨부되어 있었다. 낡은 소파를 찍은 사진이었다. 그리고 그 아래에는 이런 문장이 적혀 있었다.

〔한수야. 나 투명인간을 죽였어.〕

"야, 기발하긴 하다. 나도 써봐야겠다."

"투명인간을 죽였대. 오, 전교 1등 개그 남달라."

그 뜬금없는 메시지가 일종의 유머라고 생각하자 안심이 됐다. 기영은 농담을 거의 못하는 사람이었다. 내가 농담을 할 때에도 진심으로 웃는 법이 없었다. 그런 기영이 나와의 관계를 풀기 위해 생각을 짜내 농담을 건넸다니. 가슴이 뭉클해지기까지 했다.

〔헉. 어떡해? 빨리 경찰에 자수해야지!〕

농담 메시지에 농담으로 답장했지만 기영은 더 이상 답장이 없었다. 그렇게 술자리는 끝났다.

택시를 타고 오는 길은 영 불편했다. 그들에게 내가 변두리 반지하 집에 산다는 것을 들키기 싫어 반대 방향으로 택시를 잡았다. 돌아가느라 술은 취하지도 않았는데 멀미만 났다. 그때 하필 기영에게서 전화가 걸려 왔다. 전화를 받자마자 기영은 의외의 제안을 했다.

"한수야. 오랜만에 연락 줘서 고마워. 말 나온 김에 우리 오늘 볼래?"

갑작스러운 기영의 말을 거절할 수 없었다. 나는 기영이 보낸 주소를 즉시 택시 기사에게 말해 차를 돌리게 했다. 야밤에 갑자기 보자고 할 친구가 아니지만 그런 건 상관없다고 생각했다. 의아함보다는 절교당한 줄 알았던 친구를 다시 본다는 반가움이 컸다. 기영을 만난다면 방금 전 술자리에서의 더러운 기분을 지울 수 있을 것 같았다.

　기영이 사는 곳은 지은 지 얼마 안 되어 보이는 신축 빌라였다. 저 집에 가족이 다 같이 사는 걸까? 아니면 그사이에 기영이 결혼해 가정을 꾸린 걸까? 궁금증은 금세 풀렸다.

　"홍한수. 이쪽이야."

　편의점 봉지에 맥주와 안주를 잔뜩 사 들고 온 기영이 내 뒤에 서 있었다. 기영은 여전했다. 학창 시절부터 기영은 학급 반장처럼 모두의 사랑을 받는 모범생보다는 엄격하고 신경질적인 엘리트 같은 인상이었다. 그래서 항상 반 아이들과 서너 걸음쯤 멀게 보였는데, 기영의 인상은 나이가 들었어도 전혀 부드러워지지 않고 여전했다. 그런 기영이 사실은 수줍음 많은 사람이라는 사실은 나만이 알고 있는 비밀이었다. 그렇기 때문에 망설임 없이 돈이나 꿔달라고 들러붙을 수 있었다. 우리는 반가움의 포옹을 하고 곧장 2층 기영의 집으로 올라갔다. 기영은 혼자 살고 있었다.

　"야, 너답게 깔끔하게 하고 산다. 집 좋네. 인테리어 직접 한 거야?"

　"한수 너라면 와줄 줄 알았어."

　입에 발린 칭찬을 늘어놓으며 기영의 집을 둘러보는데 기분이 이상했다. 자세히 보니 집은 깔끔한 정도가 아니라 청소를 너무 열심히 해서 바닥에 머리카락 하나 안 보일 정도였다. 기영은 들고 온 봉지에서 곧장 맥주 한 캔을 꺼내 선 자리에서 벌컥벌컥 마시더니 다 비워버렸다. 분명 정상이 아니었다.

"한수야. 너 나 도와줄 수 있지?"

"그, 그럼. 내가 너한테 빌린 돈만 얼만데. 힘들 때 돈 꿔준 사람 너밖에 없었잖아."

"그래. 아직 그 돈 못 받았지."

"그럼. 뭐든 얘기해. 아, 돈은 내일 알바비 입금되니까 바로 보내줄게."

"아냐. 돈으로 받으려는 거 아니야."

원래 무뚝뚝한 기영의 말투가 오늘따라 유달리 단호하게 느껴졌다. 그 때문에 나도 모르게 조금 뒷걸음을 치게 됐다. 친구야, 맥주는 대체 왜 원샷 해버린 거니? 묻고 싶었지만 말은 나오지 않았다. 나는 천천히 얘기하자는 뜻으로 소파에 털썩 앉았다. 그 순간 평생 느껴본 적 없는 이질감이 엉덩이로 느껴졌다. 커다랗고 두꺼운 가죽 물주머니를 깔고 앉은 느낌이었다. 엉덩이를 보니 소파에서 한 뼘쯤 떨어진 허공에 둥둥 떠 있었다. 소파 위에 보이지 않는 물컹한 덩어리가 하나 있고 내가 그 위에 앉은 모양새였다. 술이 덜 깼나? 싶었지만 그 순간 들려온 기영의 한마디가 완전히 술을 깨게 만들었다.

"아까 말했잖아. 투명인간을 죽였다고."

그제야 사태 파악이 되었다. 자리에서 일어나 소파 위쪽을 만져보니 탄탄한 근육과 그 안의 단단한 뼈까지 느껴졌다. 사람의 몸이라는 걸 의심할 여지는 없었다. 눈에 전혀 보이지 않는다는 것을 빼고는. 나는 침을 꿀꺽 삼키고 일어서서 기영을 봤다. 기영의 시선은 보이지 않는 소파 위의 물건에 고정되어 있었다. 기영은 농담을 한 적이 없었다. 여기 기영의 집에 분명 투명인간의 시체가 있다.

기영과 나는 한참 동안 말이 없었다. 소파의 길이는 팔걸이를 포함해 약 2미터 정도 되어 보였다. 나나 기영이 누우면 딱 맞을 길이였으므로 여기에 누워 있는 것은 성인 남자 크기의 무엇이었다. 나는 알코올에 절은 머리를 굴려 최대한 침착하게 생각하려 했다. 꼭 투명인간이라고 단정할 수는 없지 않은가? 해외 토픽을 보면 미국 국방부 같은 곳에서 투명 망토를 개발했다는 얘기도 나오던데 이것도 그런 물건이 아닐까? 하긴 기영은 공부도 잘했으니까 이런 걸 가지고 있어도 무리는 아니겠지. 나는 소파 아래를 더듬어 이 물체를 덮고 있는 천을 찾아내려 했다. 마지막까지도 이것이 장난이길 바라는 몸짓이었다.

"뭔가로 덮여 있는 거 아냐. 말 그대로 투명인간이야."

기영은 내 마음을 꿰뚫어 보듯 말했다. 그 말대로 투명한 물체는 뭔가에 덮여 있지 않았다.

"근데 말야. 너 어쩌다 이렇게 큰 걸 죽인 거야? 파리 한 마리 못 잡을 것 같은 애가. 그리고 투명인간이 왜 너희 집에 들어와 있는 건데?"

나는 당황해서 떠오르는 대로 질문을 던졌지만 정작 가장 궁금한 질문은 입 밖으로 뱉지 못했다. 애당초 이 세상에 투명인간이라는 게 왜, 어떻게 존재하는지에 대해서. 기영은 한숨을 푹 내쉬고는 목을 한 번 가다듬었다.

"죽일 생각까진 아니었어. 근데 한수야, 설명하자면 끝도 없어. 지금 중요한 건 그게 아니야."

"지, 지금 중요한 게 뭔데?"

"저 시체를 치우는 거야."

"치울 필요가 꼭 있어? 어차피 눈에 보이지도 않잖아."

"보이지만 않는 거지 우리랑 똑같아. 금방 부패할 거고 더 이상 숨길 수 없게 될 거야."

우리는 빈 소파 앞에 멍하니 서서 투명인간 시체에 대해 얘기했다. 연극 무대에 서서 아주 난해한 즉흥연기를 펼치고 있는 것만 같았다. 시계는 새벽 4시를 가리키고 있었다.

"꼭 치워야 되면 우리 둘이 들고 나가서 요 앞 하천에 버리면 안 될까? 어차피 시체 옮기는 거 보이지도 않을 거고, CCTV에 찍힐 일도 없잖아."

"이해하기 좀 힘들겠지만 보는 눈이 있어서 안 돼. 진짜 시체를 옮긴다는 생각으로 옮겨야 뒤탈이 없어. 한수 너 이사할 때

쓴 큰 캐리어 가방 아직 있어?"

나는 고개를 저었다. 오디션 볼 때 입고 갈 옷을 사려고 캐리어 가방을 중고로 싸게 팔아버린 사연까지 말하기는 부끄러웠다.

"큰 가방에 저걸 옮긴다고 생각해 봐. 새벽 시간에 남자 둘이 낑낑대면서. 누가 봐도 의심하지 않겠어? 그리고 그걸 들고 택시라도 잡아탈 거야? 토막 살해범이라고 광고할 일 있어?"

"그래. 우리 둘 다 차도 없구나."

나는 소파 앞에 주저앉았다. 기영도 TV 진열대에 걸터앉았다. 이 순간을 문자 그대로 묘사하자면 1년 만에 연락 온 친구가 자신이 죽인 사람의 시체를 치우자고 하는 상황이었다. 평소의 나였다면 몹시 당황하여 친구에게 자수를 종용하거나, 공범으로 죄를 덮어쓰는 것이 두려워 도망치려 했겠지만 그런 종류의 위기감이 들지는 않았다. 만져지기만 하고 보이지 않는 시체라니, 죄의식도 없었다. 우리와 같은 사람, 우리와 같은 존재로 보이지 않았으니까. 위기의식보다 눈앞에 벌어지고 있는 이 오묘한 상황에 대한 궁금증이 앞섰다. 하지만 기영은 대답할 정신이 없는 게 분명했다. 대리석처럼 허옇고 딱딱하게 얼굴이 굳어버린 녀석은 소파 위의 물체를 치울 생각밖에 없어 보였다.

등을 기대고 있던 소파를 돌아보다가 문득 떠오르는 게 있었다.

"이 소파 오래되긴 했네. 버려도 문제없지 않을까?"

"어차피 형네 집에서 쓰던 거 받아 온 거야. 그건 왜?"

"저 소파랑 같이 버리는 건 어때? 남자 둘이 소파 버리는 건 하나도 안 어색하고 말이야."

"시체를 길에 내놓자는 거야? 누가 발견하면 안 돼."

"그게 아니라 소파 위에 얹어서 운반하자는 거지. 용달차에 소파를 싣고 인적 없는 야산에 가서 땅에 묻어버리고 오는 거야. 그럼 운반할 동안엔 전혀 어색할 거 없잖아."

"조, 좋아. 좋은 생각이야. 차만 구할 수 있으면."

내 제안을 듣자 기영의 창백했던 얼굴에 처음으로 긍정적인 표정이 스쳐 지나갔다. 며칠 전, 연기 학원에서 만난 동생 재윤의 하숙집 침대 매트리스를 같이 운반해 주고 일당을 받았던 적이 있기 때문에 이 아이디어를 떠올릴 수 있었다. 철물점을 운영하다 폐업한 재윤의 부모님에게는 미처 처분 못 한 용달 트럭이 있었고, 차에는 삽도 하나 실려 있었다. 재윤은 차를 잠시 빌려달라면 얼마든지 빌려줄 녀석이었다.

"버려도 되는 이불이랑 노끈 있어? 소파부터 포장하자."

기영과 나는 즉시 행동에 들어갔다. 터진 겨울 이불을 투명한 시체 위로 둘둘 만 뒤, 움직이지 않도록 노끈과 테이프를 칭칭 감았다. 워낙 두꺼운 이불이라 시체를 감싼 티는 나지 않았다. 어느새 겨드랑이가 흠뻑 젖고 양말도 새카맣게 변했다. 아직 이른 시간이지만 나는 재윤에게 용달 트럭을 빌려달라는 문자를 남겼다. 어떻게 된 일인지 재윤은 금세 전화를 걸어왔다.

"행님. 트럭은 왜요? 야밤에 시체라도 치우게요? 헤헤헤."

"이, 이상한 소리 하지 마. 너 새벽에 뭐 하고 있던 거야?"

"아, 영화 보고 있었죠.《텍사스 살인마》. 감동적이던데요."

"내 친구가 버리는 소파가 있는데 그걸 좀 운반하려고. 트럭 끌고 와주면 10만 원 줄게. 내일 아침에 너희 집에 다시 갖다 놓을 거고."

"알겠슴다. 행님. 사고만 내지 마세요."

타이밍이 딱딱 맞아떨어져서 일은 일사천리로 진행되었다. 이제 남은 관문은 소파를 1층까지 옮기는 것이었다. 소파만으로도 힘든데 시체 하나를 얹으니 끔찍한 무게였다. 투명인간이라더니 무게도 사람 무게만큼 나가는 게 분명했다. 우리는 낑낑대며 소파를 1층 입구까지 끌고 나왔다. 별로 멀지 않은 곳에 사는 재윤의 용달차도 타이밍 좋게 도착했다.

"소파도 가벼워 보이는데 둘이서 왜 진땀을 흘리세요? 줘보세요."

긴팔 옷소매 밖으로도 근육이 보이는 헬스 마니아 재윤이 트럭 위로 올라가 큰소리를 쳤다. 소파 한쪽 끝을 잡은 재윤은 소파와 이불 무게라고는 도저히 생각할 수 없는 중량이 전해지자 당황하는 것이 눈에 보였다. 하지만 녀석은 당황을 들키지 않기 위해서 이를 악 물고 이마에 핏줄까지 세워가며 온몸의 근육을 이용해 소파를 끌어 올렸다. 그 모습에 나는 웃음을 터트릴 뻔했다.

"후, 요즘 헬스를 좀 빠졌더니."

재윤에게 즉시 돈을 송금해 주려 했지만 내가 핸드폰을 꺼내기도 전에 기영이 먼저 현금을 건넸다. 재윤은 흔쾌히 우리에게 키를 건네고는 사라졌다. 용달 트럭 짐칸에는 낡은 소파가 실려 있었고, 소파 위에 놓인 투명 시체는 이불이 겹겹이 감싸고 있었다. 완벽한 위장이었다. 내가 운전대를 잡고, 기영은 조수석에 올라탔다. 이제 주택가를 벗어나 저 보이지 않는 물체를 산에 묻어버리고 오면 된다. 설령 암매장 현장을 등산객이 목격하거나 경찰이 발견한다 해도 걱정할 게 없었다. '거실 화분에 쓰려고 흙 좀 판 것뿐이지 저희가 시체라도 묻으러 왔겠어요? 보세요, 너구리 한 마리 안 죽어 있죠?'라고 당당하게 시치미 떼면 된다. 관문 하나를 넘었다는 안도감이 들자 마음속에선 다시 궁금증이 올라왔다.

"저 투명인간이라는 게 뭔지 설명해 줄 수 있어?"

"한수야, 그 질문만은 하지 말아줄 수 있겠어? 마음속에 품지도 말아줘. 진심으로 부탁할게. 내가 너한테 부탁한 적 별로 없잖아."

"그, 그렇게까지 말한다면야. 근데 대체 왜……."

"그냥 마임 연습을 한 거라고 생각해 줘. 네가 찍은 CF처럼."

나는 놀라서 기영을 봤다.

"너 그걸 봤구나."

"잘하더라. 남들이 뭐라 해도 너 자신만 믿고 가."

연락을 끊고 지낸 사이에도 기영이 나를 지켜보고 있었다는 생각에 갑자기 마음이 뭉클해져 방금 무엇을 물어봤는지도 잊어버렸다.

"요즘도 지훈이네 애들 가끔 보지?"

"어, 근데 자주 보는 건 아니야. 걔네 사이에 있으면 난 완전 쩌리잖아. 너도 알면서."

기영은 모든 걸 꿰뚫어 보는 사람처럼 말을 이어갔다. 내가 고작 몇 시간 전에 그들을 만났다는 사실도 이미 알고 질문하는 것 같았다.

"나에 대해서 뭐라고 말할지 대충 알 것 같아. 좋은 얘기는 아마 안 나오겠지. 걔네 연락도 죄다 피했으니까."

"원래 그렇게 생겨먹은 자식들이잖아. 지들보다 조금이라도 못하다고 생각하면 깔아뭉개는 맛에 살고. 널 질투해서 그래. 고딩 때부터 네가 걔들보다 한 수 위였으니까. 공부든 뭐든."

"됐어. 나는 오히려 걔네한테 미안해. 떳떳하게 나서고 싶었는데 그게 생각처럼 잘 안됐어. 꾸준히 연락해서 지훈이한테 일자리라도 소개해 달라고 할걸 그랬나? 걔네 아버지 비서라도 말이야. 하하."

"너도 농담 늘었다. 네가 그런 부탁했으면 지훈이 그 자식은 녹음했다가 차에 틀어놓고 전국 일주를 했을걸."

피식 웃음이 났다. 돌이켜 보면 기영은 고등학교 때부터 그런 친구였다. 말투가 딱딱해서 매정하다고 오해를 사기는 해도 속내가 검었던 적은 없었다.

"그 자식들 또 뭐라더라. 네가 트럭 운전하는 걸 봤다고. 하하. 어디서 닮은 사람 보고서 또 너라고 아주 확신에 차서 얘기하더라고."

"나 맞아."

"뭐라고?"

"작년부터 트럭 모는 일 했었어. 이제 그만두긴 했지만. 걔네가 뭐라고 했어도 난 상관없어."

담담하게 말하는 기영에게 나는 더 이상 대꾸를 할 수 없었다.

우리는 새벽 도로를 지나 금세 마을버스 차고지에 도착했다. 개봉산 차고지 주변은 버려진 땅이어서 내가 고등학생 때부터 온갖 쓰레기들을 몰래 매립하는 곳으로 유명했다. 지역 고등학교의 음습한 사건들은 모두 이곳에서 일어날 정도였다. 마을버스 옆에 차를 대고 내리자 기대한 대로 인기척 하나 없는 허허벌판이 펼쳐졌다. 우리는 소파를 덮고 있던 이불을 걷어내고 보이지 않는 시체의 몸을 잡았다. 손의 촉감으로 봐서는 내가 발목 쪽을, 기영이 손목 쪽을 잡은 것 같았다. 처음 기영의 집에서 만졌을 때는 눈치챌 겨를이 없었는데, 다리에 얇은 실크가 덮인 것처럼 바스락거리는 감촉이 느껴졌다.

"투명인간들도 혹시 옷을 입는 거야? 그것도 물어보면 안 되는 건가?"

"글쎄, 우리가 입는 거랑 같은 재질의 옷을 입지는 않겠지. 그럼 우리 눈에 보일 테니까."

기영의 대답은 선문답처럼 알쏭달쏭했다. 알지만 대답해 줄 수 없는 건지, 그 자신도 모르는 건지 헷갈렸다.

우리는 약 30미터를 걸어 숲이 시작되는 지점까지 그것을 운반했다. 누군가 위성으로 이 모습을 내려다봤다면 두 사람이 벌이는 기가 막힌 마임극이라고 했을 것이다. 숲 안쪽에 시체를 내려놓고 다시 트럭으로 가서 삽을 가져왔다. 먼저 삽을 잡은 기영은 입고 나온 후드티를 벗은 뒤 긴팔 소매를 올려붙이고 본격적으로 땅을 팠다. 핸드폰의 손전등 기능을 켜고 비춰 보니 삽질을 하는 그의 팔뚝에 두꺼운 핏줄과 갈라진 근육 라인이 보였다. 내가 알던 기영과는 다른 모습이었다. 직감적으로 최근 1년 사이 그에게 많은 일들이 벌어졌다는 것을 알 수 있었다. 퍼석, 퍼석 땅을 파헤치는 소리와 기영의 거친 숨소리만이 검은 숲을 채웠다. 태어나서 처음으로 누군가를 파묻는 자리에 있다고 생각하니 온몸에 오한이 들었다.

기영은 한 번도 쉬지 않고 묵묵히 삽을 퍼서 허벅지 높이까지 오는 구덩이를 만들어냈다. 지친 기색을 보일 때마다 손을 뻗었지만 기영은 내게 삽을 넘기지 않았다. 그리고 보이지 않는 시체를 질질 끌어다 구덩이에 던질 때에도 기영은 고집스럽게 혼자서 일을 처리했다. 결정적 순간에만은 나를 공범으로 끌어들이지 않겠다는 의지처럼 보여 한편으로는 고마웠다. 기영이 흙을 다시 파묻고 발로 땅을 다질 때까지도 나는 옆에서 핸드폰 불빛만 비추었다. 한숨을 돌린 기영이 먼저 입을 열었다.

"한수 너 고등학교 1학년 첫날 기억해? 급식실이 공사 중이라 수저는 직접 가지고 오랬는데 내가 까먹었거든. 그때 나무젓가락 빌려준 게 너였어."

"하하. 내가 그랬었나?"

"별거 아닌 일 같아도 나한테는 큰 도움이었어. 오늘도 그렇고. 설령 무슨 일이 있어도 한수 넌 여기에 없었던 걸로 할게."

"그래. 너 바지든 신발이든 난리도 아니다. 집에 가면 다 세탁해."

검기만 하던 하늘에 푸른빛이 피어날 때쯤 매장도 완전히 마무리되었다. 6시가 조금 넘은 시각이었다. 내가 집까지 데려다준다고 했지만 기영은 극구 택시를 타면 된다며 혼자 가버렸다. 재윤의 집 앞에 용달차를 주차하고 돌아오는 길은 기분이 묘했다. 집에 돌아와 베개에 머리를 기대자 새벽의 일이 꿈처럼 몽롱하게 지나갔다. 피곤한 와중에도 잠은 오지 않고 온갖 생각들이 나를 괴롭혀 댔다. 귀신이니, 투명인간이니, 또 마음대로 공간과 차원을 넘나드는 존재들. 판타지나 SF에 나올 법한 인간도 동물도 아닌 신비로운 생물들이 차례로 머릿속을 방문했다. 모두 존재할 리 없는 것들이다. 그런 것들이 없기에 세상은 재미없는 곳이고 또 안심되는 곳이었다. 그렇다면 서울대썩이나 나온 수재 기영은 왜 투명인간이 있다고 말한 걸까? 또 내 손으로 분명히 느낀 보이지 않는 존재의 촉감과 무게는 어떻게 설명할 수 있을까? 나는 내가 생각할 수 있는 가장 합리적인 결론을 냈다. 기영은 어딘가가 이상해진 것이라고. 너무 성능 좋은 컴퓨터가 과부하를 일으키듯 기영의 정신이 이상한 데 사로잡혔고, 또 그럴싸한 마술 도구로 나를 속인 것이라고. 생각이 거기까지 미치자 나는 겨우 잠들 수 있었다.

다음 날 연기 수업이 시작하는 시간을 지나서야 겨우 일어나 세수도 제대로 안 한 채 후다닥 집을 나섰다. 나는 전날의 일을 잊고 최대한 일상적인 것들만 생각하려 했다. 대중교통 안에서 한숨을 돌린 뒤 제일 먼저 핸드폰으로 지난 이체 내역을 확인했다.

기영에게 돈을 꾸었던 것은 1년 전, 집에서 쫓겨나 피시방을 전전하던 무렵부터였다. 당시의 나는 진지하게 연기를 시작해볼 생각도 없이 그저 스스로를 망가뜨리며 엄마, 아빠에게 시위 중이었다. 인생에서 마지막으로 철없는 시기를 보낼 때 떠올린 얼굴이 하필 기영이었다. 기영에게 밑바닥까지 내려간 내 처지를 털어놔도 소문이 나진 않을 것 같았다. 유학하느라 5년 넘게 만나지도 못했던 기영이 너무나 반갑게 맞이해 주자 나는 염치도 없이 돈까지 빌려달라고 했다. 심지어 사정을 들은 기영은 내가 빌리려 했던 것보다 더 많은 돈을 빌려줬다.

'연기를 시작할 생각이라고?'

'으, 응. 내 전공이랑도 관련 없고 연기 경험도 없어서 완전히 바닥부터 시작하긴 해야겠지.'

'우리 고등학생 때부터 난 네가 그런 쪽에 어울린다고 생각했어. 넌 선생님들 성대모사도 잘했고 반에 네가 있어야 분위기가 확 살았거든.'

'저, 정말이야?'

'너 되게 큰 결심을 한 거네. 독립해서 살려면 첫 달에 특히 돈 많이 들어. 이제 알바 시작해도 한 달 뒤에야 첫 월급 받을 테니까.'

결심도, 독립할 각오도 별로 없던 나를 기영의 그 말이 자극시켜 줬다. 그래, 이건 진로를 바꾸는 큰 결심이고, 나는 이제부터 독립해야 돼. 몽롱했던 어리광쟁이 시절을 지나 삶의 방향을 구체화하기 시작한 건 그때부터였다. 기영이 내게 입금해 준 돈을 계산해 보니 어림짐작한 것보다도 훨씬 큰 액수였다. 내 아르바이트 세 달치 월급에 육박하는 금액. 이 돈을 빌려주고도 독촉 한 번 안 한 기영이 새삼 존경스러웠고, 이 돈을 빌리고도 지금껏 한 푼도 갚지 않은 내가 새삼 한심했다.

〔어제 도와준 건 도와준 거고, 돈은 따로 갚을게. 계좌 번호 불러줘.〕

어젯밤의 일을 최대한 언급하지 않으려 무미건조한 문자를 보낸 뒤 나는 학원 강의실에 들어갔다.

무대 연기 시간에 5분짜리 독백을 스무 명이 돌아가면서 쏟아내고, 매체 연기 시간에 표정을 일그러뜨리며 눈물 연기를 연습하는 동안에도 기영에게선 답장이 없었다. 연기 수업이 끝난 후에는 재윤과 함께 역 앞의 분식집으로 들어갔다. 으레 가는 코스였다.

"행님. 혹시 트럭에 있던 삽 썼어요?"

"뭐라고? 나, 난 안 썼는데. 왜? 그게 중요한 삽이었어?"

"아뇨. 얼마든지 써도 돼요. 보니까 너무 깨끗해져서 눈에 띄어서 그랬죠."

아차 싶었다. 전날 삽으로 구덩이를 판 흔적을 지워야겠다고 생각한 나머지 공중화장실에 들러 너무 열심히 씻어놓은 게 실수였다.

"또 이상한 건 없었지?"

"짐칸 바닥에 끈적끈적한 게 있었는데 잘 안 지워지더라고요.

그렇다고 기름때 같은 건 하나도 안 보였는데. 혹시 사이다 같은 거 쏟은 소파였어요?"

"그, 그래, 맞아. 사이다. 예리하네."

"괜찮아요. 어차피 내일 세차 맡기고 중고로 내놓을 거라."

둔감하기 짝이 없는 재윤에게 수상한 점을 연달아 지적받으니 가슴이 조마조마해졌다. 꿈의 경계 너머로 가버린 줄 알았던 전날의 일이 고무줄놀이를 하듯 어느새 현실로 폴짝 넘어왔다. 머릿속은 다시 뒤죽박죽이 되어 투명인간의 시체를 생각하고 있었다. 재윤이 말한 짐칸 바닥의 끈적거린다는 것이 혹시 투명한 시체에서 흘러나온 피는 아닐까. 기영은 분명 투명인간이 '죽었다'고 하지 않았다. '죽였다'라는 표현에서 상상할 수 있는 수많은 상황들을 떠올렸어야 했는데, 시체가 눈에 보이지 않아서 그만 간과했다. 죽이기 위해선 흉기로든 맨손으로든 상대에게 타격을 입혔을 것이고, 그랬다면 출혈은 필연적이었다. 김치볶음밥이 식도로 넘어가는지 기도로 넘어가는지도 모른 채, 나는 핸드폰을 꺼내 검색엔진에서 '세차로 혈흔 지워지나요?', '시체 없는 살인사건.', '시체 운반만 해도 공범?' 같은 문장들을 검색했다. 하루 종일 잊어버리고 있던 불안감이 다시 엄습해 오는 것을 느꼈다. 투명한 덩어리 하나 묻은 게 무슨 범죄냐는 항변을 끝없이 마음속으로 되새기며 불안을 억누르려 했지만 시간이 갈수록 초조해지는 것을 감출 수는 없었다. 결국 재윤에게

'행님 어디 아프세요?'라는 질문을 두 번이나 들은 뒤에도 나는 정처 없이 밤거리를 헤맸다.

정신을 차리고 보니 시체를 파묻었던 개봉산 차고지에 도착해 있었다. 전날 기영이 땅을 파헤친 곳으로 걸어가는 동안 나는 혼자 뺨을 때리며 평정심을 찾으려 했다.

"다 꿈이었어, 세상에 투명인간 따위가 어디 있냐?"

마음속으로도 입으로도 몇 번이나 반복한 말이 무색하게 기억은 생생히 남아 있어서 손쉽게 매장한 곳을 찾을 수 있었다. 핸드폰 불빛으로 사방을 비춰 보자 전날의 기억은 더욱 또렷해졌다. 땅을 파헤친 자리의 검붉은 흙이 주변의 연한 갈색빛깔의 흙과 경계를 이뤄 선명하게 보였다. 시체 파묻은 자리가 이렇게 표가 나다니. 맨손으로라도 다시 그 흙을 파헤쳐 아래에 있는 걸 확인해 보고 싶은 마음이었지만 그럴 용기가 나지 않았다. 내가 한 일은 고작 주변의 모래흙과 자갈들을 손으로 모아 골고루 뿌리는 것이었다. 최소한 표시는 안 나게 하고 싶었다. 정신 없이 손과 발로 모래를 차며 흔적을 지우다 문득 온몸에 소름이 돋았다. 기영이 아직도 확인하지 않은 문자가, 버려진 땅 위에 찾아온 컴컴한 밤이, 시체를 묻은 자리에 나 혼자 서 있다는 사실이 새삼 소스라치게 놀라웠다. 나는 다리를 후들후들 떨며 최대한 빠른 걸음으로 그곳을 벗어났다.

기영은 전화도 받지 않았다. 알쏭달쏭한 궁금증이 정체 모를 공포로 바뀌어가고 있었다. 집에 돌아와선 모든 불을 켜놓고, TV에는 세상에서 제일 실없고 왁자지껄한 버라이어티 프로그램을 자동 재생시켜 놓은 채 잠을 청했다.

　다음 날 오후까지 모든 것이 괜찮았다. 아침 겸 점심으로 집앞 편의점에서 도시락을 사 먹고, 시간에 맞춰 학원으로 향했다. 학원 엘리베이터 앞에 다다랐을 때 기영에게서 전화가 걸려왔다. 반가움과 안도감에 절로 미소가 지어졌다.
　"야, 너 왜 사람 불안하게 또 잠수 탔냐?"
　"저…… 기영이 친구 한수 맞지?"
　모르는 목소리가 대답을 해왔다.
　"나 기영이 형이야. 기영이 때문에 그러는데 오늘 병원 와줄수 있니?"
　"네? 기영이가 왜요?"
　"저기…… 기영이가 어제 죽었거든. 네 번호로 주소 보내줄게."
　대답할 말이 전혀 생각나지 않았다. 내가 핸드폰만 붙잡고 엘리베이터에서 넋이 나가 서 있는 동안, 뒤따라 탄 사람이 의아한 얼굴로 버튼을 눌렀다. 엘리베이터 문이 열릴 때쯤 전화가 끊어졌다. 나는 엉뚱한 사무실 앞에서 서성이다 비상계단을 따라 다시 1층으로 내려갔다. 모든 게 거짓 같았다. 기영이 내게 1년 만에 연락을 했던 것도, 그의 집에 있던 투명한 무언가를 암매장한 것도, 그리고 이틀 뒤 기영이 죽었다는 소식까지. 건강해 보이기만 했던 기영이 왜 갑자기 죽었을까. 혹시 나와 함께 보이지 않는 시체를 파묻은 그날의 일과 관련이 있는 건 아닐까. 도저히 답을 내릴 수 없는 질문들이 머릿속을 잔뜩 채웠다. 슬픔보다는 당혹감을 강하게 느끼며 나는 택시를 타고 장례식장 주소를 불렀다.

장례식장 입구의 모니터에는 분명 채기영이라는 이름이 떠 있었다. 흔치 않은 그 녀석의 이름. 그리고 그 녀석의 것이 분명한 영정 사진과, 그 앞에 침통한 표정으로 서 있는 기영과 똑 닮은 형. 몇 걸음 걷는 사이에 기영의 죽음이 비로소 실감 났다. 이제 막 차려진 것 같은 분향소에는 그의 형을 제외하고는 아무도 없었다. 절을 마치자 기영의 형이 굳은 표정으로 내 어깨를 감쌌다.

"네가 한수지? 잘 왔어. 저쪽 가서 얘기 좀 하자."

기영의 형과 나는 조문객용 좌식 테이블에 마주앉았다. 그는 음료 캔 하나를 내게 건네며 마시라고 했다. 장례식장 같은 곳에서만 볼 수 있는 얇고 작은 식혜 캔이었다.

"문자랑 통화 기록 보니까 기영이랑 마지막으로 만난 게 한수 너더라."

"그, 그랬군요. 이틀 전 새벽에 보긴 했어요."

"그날 뭐 했는지 물어봐도 되니?"

형의 목소리는 낮게 가라앉아 있었고 눈빛은 날카로웠다. 기영의 형 이름은 채기석이었다. 굳이 기영의 형이 아니더라도 그는 학교에서 유명한 사람이었기에 이름을 모르는 이가 없었다. 우리보다 두 학년 위인 그는 기영 못지않은 수재였고, 전해들은 바로는 20대 중반인 어린 나이에 변호사가 되었다고 했다. 배경을 알아서인지 그의 질문이 새삼 뭔가를 취조하는 것처럼 느껴져 몸이 저절로 움츠러들었다.

"그, 그날 제가 동창들이랑 술을 마시다가요. 기영이 얘기가 나와서 문자를 한번 해봤죠. 그전까지 거의 1년 동안 연락도 못 했어요. 근데 기영이한테 자기 집에서 한번 보자고 연락이 와서 기영이 집으로 갔었죠."

"새벽에 기영이 집에? 거기선 뭐 했는데?"

갑자기 목이 타는 게 느껴져 나는 식혜를 들이켰다. 혹시 기영이 살해라도 당한 건지, 그래서 법조인인 그의 형이 내 알리바이를 의심하고 있는 건 아닌지 걱정이 됐다.

"그 뭐야, 기영이가 편의점에서 맥주랑 안주를 잔뜩 사 와서요. 그냥 술 마시면서 그동안 살았던 얘기나 좀 했죠. 그러다 해 뜰 때 돼서 저는 택시 타고 집으로 갔고요."

"기영이가 특별한 얘기는 안 했니?"

"트, 특별이라. 글쎄요. 별 얘긴 안 했던 것 같은데. 아 참, 기영이가 잠깐 트럭 운전하는 일 했었다는 거?"

아는 동생의 용달차를 빌려 시체 같은 것을 기영과 함께 야산에 묻어버렸다는 얘기는 차마 할 수가 없었다.

"너 왜 중요한 얘기를 빼먹고 말해?"

"예? 예? 뭐가요?"

큼지막한 얼음덩어리가 명치를 내리누르는 것 같은 아찔한 기분이 들었다. 기석 형은 분명 나를 의심하고 있다.

"분명히 투명인간이 어쩌니 같은 말을 했겠지. 내 말 틀렸어?"

나는 귀를 의심했다. 내가 말하기 조심스러워했던 부분을 기석 형은 거침없이 찌르고 들어왔다.

"기영이는 치료 중이었어. 1년 반 전부터였나 이상한 소리를 자꾸 해서 온 가족이 마음고생했거든."

"투, 투명인간 얘기 말이에요?"

"그래. 들을 것도 없는 얘기였어. 세상엔 보이지 않는 존재들이 있다고 그러더라. 그 말을 어떻게 믿겠니? 보이지도 않는걸. 최근엔 아예 폐쇄 병동에서 입원 치료까지 받았는데 증세가 나아진 게 없더라. 타 온 약도 다 버린 것 같아."

"가족들한테도 다 했던 얘기였구나……. 저한테도 비슷한 얘길 했어요."

"걔가 머리도 좋고 언변이 있어서 듣다 보면 또 그럴싸하게 들리거든. 근데 이성적으로 생각해 보면 도저히 믿을 수가 없는 애기 아냐? 의사도 그러더라. 논리력이 좋고 지식이 많은 환자일수록 망상증은 고치기 힘들다고."

누구보다 기영을 잘 아는 가족의 얘기를 들어보니 대충의 사정은 알 것 같았다. 투명인간의 존재를 설파하고 다니는 사람이 있다면 당연히 당할 만한 취급이었다. 하지만 충분히 설명되지 않는 것들이 아직 남아 있어서 기분은 더 꺼림칙해졌다. 그날 밤 기영은 내게 말만 한 게 아니었다. 투명한 존재를 직접 만지게 했고, 나는 그것을 함께 매장했다. 오히려 기영은 내가 그 시체에 대해 물어도 설명하지 않으려 했다.

"기영이는 자살했어. 자기 방문에 목을 매고."

나는 그 말을 하는 형의 얼굴을 똑바로 볼 수가 없었다. 식혜 캔을 쥔 손이 나도 모르게 떨렸다. 형의 꽉 쥔 주먹에 핏줄이 서 있었다. 잠시 침묵하던 기석 형은 그 말을 마지막으로 자리에서 일어났다.

썰렁한 장례식장을 뒤로하고 어디로 돌아가야 할지 생각나지 않았다. 나는 어영부영 장례식장에 남아 음식을 나르고 자리를 정리했다. 조문객을 맞고 장례식장 측과 조율하는 모든 일은 기석 형이 도맡아서 했고, 기영의 부모님은 보이지 않았다. 그들의 부재에 대해선 조문객 누구도 지적하지 않았다. 기영처럼 자랑스럽던 자식이 죽는다면 나 같아도 앓아눕거나 집에 틀어박힐 것 같았다.

퇴근 시간이 되자 경일고 1학년 3반 멤버들이 나타났다. 지훈과 네 명의 친구들은 약속을 잡은 듯 동시에 입장했다. 그들은 하나같이 고급 브랜드 정장을 입고 있었다.

"야, 갑자기 뭔 일이래? 한수 그날 기영이 답장 받지 않았냐?"

친구들은 내가 앉아 있던 구석 자리로 와서 둘러앉았고, 지훈이 먼저 입을 열었다.

"그래. 그날 연락이…… 됐었지."

"그럼 그때까지 멀쩡했다는 건데 왜 죽었대?"

"한수 너는 기영이네 형한테 왜 죽었는지 들었지? 그치?"

그들은 사인을 밝히는 형사처럼 나를 재촉했다. 그 태도에 기영에 대한 애도나 존중이 느껴지지 않아 나는 대답해 주기가 싫었다.

"얘기 좀 해 봐, 빨리. 우리도 동창이잖아."

"자살이랬어. 더 이상은 몰라."

"아 역시."

내가 잠긴 목소리로 대답하자 그들은 기묘한 반응을 보였다. 마치 기영이 그럴 운명이라는 것을 예상했다는 듯한, 더 나아가선 그렇게 되는 게 당위라는 듯한 반응이었다.

"안 그래도 걱정됐는데 씁쓸하다, 진짜."

"기영이 경제적으로 좀 어려웠나 봐? 살기는 좀 외진 동네 살았지?"

"형이 로펌 변호사잖아. 돈 때문이면 형이 지원해 주고도 남지 않나?"

"야. 다 큰 형제 간에 그런 게 어디 있어. 그리고 형은 로펌인데 자기는 별 볼 일 없으면 비교돼서 더 우울해지지."

"하, 새끼. 힘들면 우리한테 얘기 좀 하지. 아무 자리나 소개라도 해줬을 텐데."

"걔 자존심에 그게 됐겠냐? 비교될까 봐 동창들도 일부러 안 만난 거잖아."

"에이 불효자 새끼. 속상해 죽겠네."

바로 뒤 테이블에서 기석 형이 조문객과 얘기 중인데도 아랑곳하지 않고 그들은 목소리를 높였다. 언제나 그랬듯 기영에 대한 그들의 추측은 맞는 게 하나도 없었다. 민망한 내 손은 세 번째 식혜 캔을 따고 있었다. 어째선지 손이 자꾸 미끄러져 캔 뚜껑에서는 팅, 팅 하는 불편한 쇳소리만 들렸다.

"기영이가 모임에 안 나온 건 자존심이 세서가 아냐. 너희가 사람을 무시해서지."

"……뭐?"

나는 고개를 들어 지훈을 봤다. 지훈은 학생에게 반말이라도 들은 선생님 같은 얼굴로 나를 보고 있었다. 반쯤은 실수로 나온 말이라 나도 당황했다. 하지만 멋대로 떠들기 시작한 입을 나도 멈출 수 없었다. 그동안 비겁한 표정으로 내 발목을 잡고 있던 인내심이 수명을 다했다.

"너희는 걱정하는 척하면서 늘 사람을 아래로 보잖아. 기영이가 바보냐? 너희가 그런 애들인 것도 몰라보게?"

"홍한수 미쳤어? 우리가 편하게 끼워주니까 선 막 넘는 거냐?"

"하. 하. 끼워준단다. 내가 재미도 드럽게 없는 너희 술자리에 끼어준 거야."

"이 새끼 백수질 오래 하더니 완전 감 잃었네."

나는 아직 손에 들고 있던 식혜 캔을 테이블에 던져버렸다. 깡 하는 요란한 소리와 함께 조문객들의 이목이 집중됐다.

"기영이는 너희들 나쁘게 말한 적 한 번도 없었어. 반성해, 쓰레기들아."

"한수 너 뭐 해!"

나를 제지한 것은 기석 형의 목소리였다. 기석 형은 거칠게 내 팔을 잡아끌더니 장례식장 밖으로 이끌었다.

"너 돌아가라. 오늘 무리했어."

신발을 대충 꿰어 신고 복도를 질질 걸어 나오는 동안 기석 형은 내 옆에서 계속 팔을 잡고 있었다. 날 잡아끌던 팔이 어느새 내게 매달려 따라오는 것처럼 느껴졌다. 기석 형은 장례식장 입구에 서 있는 대절 버스를 피해 주차장 입구로 향했다. 밤이었다. 고장 난 가로등 아래에서 기석 형은 내 팔을 놔줬다.

"죄송합니다. 소란 피워서."

"뭐 타고 가니? 버스?"

"모르겠어요. 지금은 아무것도 모르겠어요."

"……고맙다. 아까 그렇게 말해줘서."

예상치 못한 말이었다. 나는 그의 얼굴을 봤다. 고개를 숙인 기석 형은 오른손으로 두 눈을 감싸고 있었다. 어깨가 흔들리더니 그는 조용히 흐느끼기 시작했다. 나도 모르게 눈물이 고였다. 눈과 눈물 사이를 막고 있던 둑이 터진 것만 같았다. 고이고 넘치는 눈물을 훔쳐내려다 훌쩍훌쩍 코까지 나오자, 그만 다 포기하고 기석 형의 어깨에 머리를 기대고 흐느꼈다. 기석 형과 나는 검은 양복 자락을 서로 붙잡고 소리 내어 울었다. 먼저 진정한 것은 기석 형이었다. 그는 숨을 깊게 들이마시고는 내 얼굴을 똑바로 봤다.

"한수야, 발인 다음 날 기영이 집에 와줄 수 있니? 유품 정리하려고 그래."

나는 고개를 끄덕였다. 장례식장에서 나와 역으로 걸어가는 길에 기영의 죽음이 새삼 실감 났다. 그에게 빌린 돈은 직접 갚고 싶었는데, 기영이 사라져 버려서 나는 영원히 채무자로 남고 말았다.

이틀 뒤 기영의 집에 도착하자 기석 형이 이미 정리를 하고 있었다. 내가 도착하자마자 그는 커다란 봉지 하나를 내밀었다.

"냉장고랑 찬장에 있던 음식들이거든? 유통기한 많이 남은 것들이니까 네가 가져가라. 싫으면 여기서 버릴게."

"가져갈게요. 저도 자취해요."

봉지 안에는 라면과 참치 캔, 레토르트 죽과 스프 같은 것들이 있었다. 나는 기석 형을 도와 집을 치우기 시작했다. 기석 형은 정리를 하다가도 쓸 만해 보이는 탁상 스탠드나, 보조 배터리, 열지 않은 스킨로션을 봉지 옆에 챙겨줬다. 소파가 놓여 있던 휑한 자리가 계속 마음에 걸렸다. 보이지 않는 시체가 누워 있던 그 소파. 나와 함께 개봉산 밑에 버려두고 온 그 소파. 그 일이 아니었다면 기영은 자살하지 않을 수 있었을까?

"기석이 형. 기영이가 형한테 투명인간을 만지게 해줬으면 그 말을 믿었을 것 같아요?"

"그건 불가능해. 그딴 건 세상에 없으니까."

형의 대답이 기묘하게 들렸다. 마치 만져봤다면 그 존재를 인정할 수 있다는 것처럼. 기석 형이 부엌을 정리하는 사이 나는 기영의 방으로 들어갔다. 나사가 뽑힌 것처럼 방문 손잡이가 헐거웠다.

'기영이는 자살했어. 자기 방문에 목을 매고.'

기석 형이 했던 말이 떠올랐다. 마지막 순간 이 차가운 손잡이가 기영의 몸을 지탱했을 거라고 생각하니 똑바로 쳐다볼 수가 없었다. 나는 고개를 돌렸다. 방엔 아직 치우지 않은 쓰레기들과 작은 탁상용 플라스틱 서랍장이 굴러다니고 있었다. 오른

손에 들고 온 쓰레기봉투에 그것들을 대충 때려 넣었다. 휴지통만 한 서랍장을 봉투에 거꾸로 집어넣는 순간, 서랍장이 열리며 손바닥만 한 크기로 접힌 편지지 하나가 나왔다. 대형 서점 앞 진열대에서 팔 것같이 생긴 아기자기한 편지지는 거의 손대지 않은 듯 깔끔했다. 그냥 넘어갈 수가 없어 나는 그 편지지를 쓰레기봉투에서 다시 꺼냈다. 놀랍게도 편지지 겉면에는 '한수에게'라고 적혀 있었다. 나는 뭔가에 홀린 듯한 기분으로 편지지를 펼쳤다.

이 편지를 네가 읽는다는 건 뭔가가 잘못됐기 때문일 거야. 나는 이 편지를 부치지 않을 거고 일이 잘 마무리되면 태울 생각이거든.

기영의 말투가 편지에 그대로 묻어났다. 편지의 첫 부분은 마치 기영이 자신의 죽음을 예언했던 것 같은 내용이었다.

어쨌거나 널 끌어들이게 된 걸 사과할게. 너한테 편지를 남기는 이유는 너만이 나를 믿어줄 사람이라고 생각하기 때문이야. 이 편지를 태우고 월명오피스텔 1501호로 찾아가 줘. 비밀번호는 내 핸드폰 가운데 번호야. 내가 빌려준 돈은 그걸로 대신 갚아줬으면 좋겠어.

당황스럽게도 편지는 거기서 끝났다. 나는 뒤에 더 내용이 있을까 싶어 편지 뒷면을 살피고, 탈탈 털어도 봤지만 적혀 있는 글은 그게 전부였다. 도무지 알 수 없는 알쏭달쏭한 얘기였다. 무슨 일이 마무리되기를 기다렸다는 건지, 내가 뭘 믿어야 한다는 건지, 오피스텔에 찾아가서 무엇을 하라는 건지. 생략된 말이 많아서 추측조차 할 수 없었다.

"한수야, 그 방 다 치웠지? 가구는 집주인이 놓고 가랬으니까 이만 나가자."

"네⋯⋯. 알겠어요."

기영이 남긴 물건들을 한 아름 싸안고 서 있는 나를 기석 형이 조수석에 태웠다. 역에서 내려달라는 부탁을 극구 거부한 채 형은 나를 집 앞까지 데려다줬다. 낡은 집을 그에게 보여주는 것이 왠지 부끄러웠다. 나는 차에서 내리며 쓸데없는 소리를 해 버렸다.

"전 믿어요. 기영이가 했던 말."

운전석 차창 너머로 기석 형은 알 수 없는 표정을 짓고 있었다. 그의 눈이 외롭고 슬퍼 보였다.

"잘 들어가라."

그것이 기석 형의 대답이었다. 나는 집에 들어오자마자 봉투에서 인스턴트 죽을 꺼내 전자레인지에 데웠다. 참치 캔도 열어 뜨거운 죽 위에 뿌렸다. 원래대로라면 기영의 배 속에 들어가야 했을 음식들이었다. 그것으로 끼니를 해결하니 기영과 마지막 식사를 하는 기분이었다. 뒷주머니에는 기영의 편지가 들어 있었다. 내겐 빚이 남아 있었고, 갚을 방법도 분명했다.

2장

갚지 못한 빚

기영이 적어놓은 주소를 찾으려 포털 검색창에 '월명오피스텔'을 검색했다. 같은 이름을 가진 건물이 서울에만 다섯 군데가 있어 일일이 찾아다니려면 꽤나 발품을 팔아야 할 것 같았다. 시작은 가까운 곳부터 하기로 했다. 집에서 두 정거장 떨어진 오피스텔을 오늘의 행선지로 정하고 집을 나섰다. 기영의 부고를 들은 후로 연기 학원은 나흘째 결석이었지만 기영에 얽힌 일들을 속 시원히 풀지 않고선 일상으로 돌아갈 수 없었다. 기영은 분명 그 오피스텔에 자신이 진짜 하고 싶은 말을 남겨두었을 것이다.

역에서 내려 복잡한 골목을 한참 들어가자 월명오피스텔이 나왔다. 지어진 지 얼마 안 된 세련된 건물은 들어설 때부터 카드 키가 필요했다. 시작부터 막혀버린 허탈감에 나는 하릴없이 유리문 앞을 서성였다. 드나드는 사람이 있다면 문이 닫히기 직전에 잽싸게 따라 들어갈 텐데, 건물은 이상하게도 조용했다. 괜히 핸드폰으로 뉴스 기사를 들여다보고 주변을 서성이던 중, 전화가 걸려 왔다. 연기 학원 동생 재윤이었다.

"행님, 오디션 붙어서 학원 안 나온다는 거 사실임까?"

"무, 무슨 소리야?"

"요즘 갑자기 학원 안 나오셨잖아요. 제 연락도 안 받으시고."

"미안해. 친한 친구 장례식 때문에 정신이 없어서 수업 못 갔어."

"아 장례식……. 미리 말씀해 주시지. 제가 도울 거 있음 도왔을 텐데. 행님 제가 생각이 모자랐습니다."

평소에도 우정과 의리를 중시하는 재윤은 필요 이상으로 숙연해하며 전화를 끊었다. 재윤과 통화를 하며 무심코 걷다가 도착한 건물 뒤편에는 문서 수발실로 통하는 쪽문이 있었다. 유리문 밖에서 우편함에 적힌 숫자를 보다가 깨달았다. 이 오피스텔은 12층이 최상층이었다. 나는 그제야 무릎을 쳤다. 머리가 비상한 기영이 헛걸음하게 만드는 메시지를 남겨놓을 리 없었다. 나는 다시 핸드폰으로 지도 애플리케이션을 켜서 서울시의 남은 월명오피스텔을 검색해 봤다. 로드 뷰 이미지로 각각의 건물 외관을 확인해 보니 신축인 이곳을 제외하고는 대부분 7층 내외의 낮은 오피스텔이었다. 남은 곳은 단 한 곳, 기영이 살던 집과 가까운 데 위치한 20층짜리 오피스텔뿐이었다. 처음부터 제대로 확인하고 집을 나섰다면 헛걸음할 필요도 없었을 텐데, 나는 늘 이런 식이었다. 몸으로 부딪쳐 보고 실컷 헛수고를 해봐야 깨닫는 팔자. 나는 내 둔한 머리를 탓하며 다시 지하철에 올랐다.

드디어 도착한 월명오피스텔은 4층까지 상가가 있는 건물로, 입구가 열려 있어 진입이 쉬웠다. 엘리베이터가 15층에서 열리자 바로 1501호가 보였다. 기영의 핸드폰 번호 가운데 자리를 입력하자 잠금장치가 열렸다. 나는 문을 열고 안으로 들어갔다. 기영의 마지막 부탁이 뭔지는 알 수 없으나 지금까지는 손쉬웠다.

오피스텔은 텅 비어 있었다. 사람이 드나들거나 물건을 보관했던 흔적은 전혀 없고, 바닥에도 뽀얀 먼지만 쌓여 있었다. 새 월세방을 구경하기 위해 공인중개사를 따라 들어가는 심정으로 신발을 신은 채 실내로 들어섰다. 묘하게 불길했다. 기영은 분명 뭔가를 전해주기 위해 날 이곳에 보냈을 텐데, 원룸 구조의 집 내부에는 붙박이 가구를 제외하고는 물건 하나 없었다. 신발장부터 부엌, 화장실까지 찬장과 서랍은 모두 열어 확인했지만 텅 비어 있었다. 나는 기영이 남긴 빈 거실에 덩그러니 섰다. 기영이 내게 전해주려 한 중요한 게 있었는데, 이미 누군가 가지고 사라진 것일까? 혹은 더 나쁜 상상을 하자면, 기석 형의 말처럼 정신이 이상해진 기영이 내게 실없는 장난을 치고 있는 것일까?

길어진 노을도 사라지고 창밖이 어둑어둑해졌다. 그 순간 나는 낯선 감각을 느꼈다. 명확히 설명할 수는 없지만 실내의 공기가 뭔가에 의해 흔들리는 것 같은 기분. 그때였다. 갑자기 뭔가가 뒤에서 내 목을 확 낚아챘다.

"흡! 누……누구……?"

나는 반사적으로 내 목을 조른 팔을 만졌다. 얇지만 단단하고 갈라진 팔근육이 느껴졌다. 목젖이 강하게 조여와서 단말마의 비명도 지를 수 없었다. 나는 손톱으로 잡고 있는 팔뚝을 필사적으로 할퀴며 저항했다. 이리저리 뒷걸음치자 내 뒤의 그놈도 덩달아 밀리는 것이 느껴졌다. 나보다 덩치가 작은 녀석이라는 생각이 들자 저항 의지도 올라갔다. 그놈을 등으로 밀치며 화장실 문에 다다랐다. 화장실 문턱을 넘는 것과 동시에 놈이 넘어졌고, 나도 함께 뒤로 자빠졌다. 놈은 상당한 훈련을 받은 고수 같았다. 넘어지는 도중에도 내 목을 놓지 않았다. 나는 사방으로 몸부림치며 팔꿈치를 마구 휘둘러 댔다. 화장실은 어두컴컴했고, 아무것도 안 보였다. 죽을 각오로 발버둥치는 것밖에는 방법이 없었다. 그런 내 공격이 통했던 걸까. 어느 순간 목을 감고 있던 팔이 풀어졌다. 나는 온 힘으로 도망쳐 화장실을 벗어났다. 거실로 달려와 시야를 확보하기 위해 전등부터 켜고 벽에 등을 기댄 채 숨을 돌렸다. 역시 훈련받은 놈인지, 녀석의 기척을 여전히 느낄 수 없었다. 화장실 쪽에선 사람의 숨소리 하나도 들리지 않았다.

"누, 누구야! 나 여기 오는 거 친구들이 다 알고 있어! 신고하면 넌 끝장이야! 채기영! 그리고 기영이 형도 다 알고 있어!"

물론 거짓말이었다. 그 얘기가 나한테 유리한 정보인지도 알 수 없었다. 하지만 어떻게든 이 위기를 모면해야겠다는 심정으로 아무 소리나 크게 지껄였다. 그리고 다음 순간 정말 믿기 힘든 일이 벌어졌다. 역시 아무 인기척도 없었는데, 갑자기 훅 하는 바람 소리가 들리고 목에 강렬한 통증이 느껴졌다. 목검처럼 둔탁하면서도 날카로운 무엇이 목을 정면에서 벤 느낌이었다. 채 저항도 해보기 전에 다리가 풀렸고, 지면이 내 뺨에 다가와 세게 부딪쳤다. 그러고는 시야가 어두워졌다.

깨어났을 때 나는 화장실에 있었다. 목이 아파 반사적으로 손을 목에 가져가려 했지만 두 팔이 자유롭지 않은 것이 느껴졌다. 세면대 아래의 수도관에 단단히 묶여 있는 것 같았다. 날 묶어둔 녀석은 어디로 갔는지 보이지 않았다.

"사람…… 살려……!"

나는 잘 나오지 않는 목소리로 소리를 질렀다. 오피스텔의 방음 시공이 제대로 안 되어 있기를 간절히 바라며 목을 다시 가다듬을 때,

"조용히 해. 채기영을 아나?"

이상한 목소리가 들려왔다. 여자 같기도, 남자 같기도 한 목소리는 헬륨 가스를 마시거나, 프로그램으로 변조한 것처럼 어색하게 들렸다. 더 무서운 사실은 목소리가 어디에서 들려오는지 전혀 알 수가 없다는 것이었다. 내 앞에는 분명 아무도 없는데, 목소리는 마치 귀에 대고 말하는 것처럼 가까웠다. 혹시나 싶어 고개를 한껏 꺾어 세면대 위쪽을 확인했다. 역시나 아무도 없었다.

"난 네 앞에 있어."

나는 다시 앞을 봤다. 눈앞에는 화장실의 차가운 타일만 있을 뿐이었다. 그리고 깨달았다. 기척도 없이 이 휑한 집에 숨어 있다가 등 뒤에서 습격할 수 있는 존재, 눈에 보이지 않게 접근해서 목을 쳐 기절시킬 수 있는 존재. 놈은 기영이 죽인 그 투명한 시체와 같은 종이라는 것을. 순식간에 몸이 움츠러들고 팔에 닭살이 돋았다. 시체를 만지는 것과 살아 있는 존재를 마주하는건 완전히 다른 감각이었다. 기영이 전혀 설명해 주지 않아서 몰랐는데, 놈들은 사람의 말로 의사소통까지 가능했다.

"기, 기영이 알아요. 기영이가 보내서 왔어요."

"채기영이랑 너는 무슨 관계인데?"

"친구예요. 그냥 고등학교 친구."

"증명할 수 있어?"

보이지 않는 그것은 기영을 알고 있는 게 분명했다. 하지만 기영과 적대적인 관계인지, 우호적인 관계인지는 짐작이 가지 않았다. 내가 할 수 있는 일은 최대한 중립적으로 사실을 말하는 것이었다. 그때 뭔가가 내 뒷주머니를 더듬는 촉감이 느껴졌다. 사람 손이 뒷주머니에서 지갑을 꺼내는 듯하더니, 곧 지갑이 공중에 둥둥 떠서 이동하는 것을 내 눈으로 직접 볼 수 있었다. 이전에 기영과 투명한 시체를 치운 경험이 없었다면 그대로 졸도했을 만한 광경이었다. 지갑은 저절로 열리더니 한동안 허공에 정지 상태로 있었다. 보이지 않는 존재는 내 신분증을 확인하는 것 같았다. 그래봤자 운전면허증 하나와 체크카드가 전부인 썰렁한 지갑이었다. 나를 증명할 사원증도 명함도 없었다. 잠시 후 지갑은 내 무릎 앞에 툭 떨어졌다.

"누구신지 모르겠지만 저, 저는 이 일을 잘 몰라요. 전 일개 배우 지망생이구요. 기영이가 편지를 남겼는데 저보고 여기 가 보라고 해서 온 거예요. 원하시면 여기서 겪은 일 다 잊어버릴 게요. 뭘 원하세요?"

"채기영 그놈은 역시 죽은 건가?"

보이지 않는 존재의 말투는 단호했다. 그도 역시 기영의 죽음을 예상했다는 듯이 말했다.

"주, 죽었어요. 이번 주 월요일에. 자기 방에서 목을 매달았어요."

내 말에 한동안 돌아오는 대답은 없었다. 놈은 정말로 훈련

받은 녀석인지, 말할 때를 제외하고는 숨소리도 들리지 않았다. 그 투명한 존재가 무슨 꿍꿍이인지 몰라 미칠 것만 같았다. 그리고 약 1분이 지났을 무렵, 나는 어떤 물체 하나가 화장실 문을 지나 공중에 둥둥 떠오르는 것을 볼 수 있었다. 칼이었다. 짧은 과도였지만 그 끝이 너무 날카롭게 갈려 있어 스치기만 해도 목숨이 달아날 것 같았다. 몸이 얼어붙어 쳐다보기만 하는 동안 칼날은 내 등 뒤로 다가왔다.

"저기요! 뭐 하세요!"

툭 하는 소리와 함께 손이 자유로워졌다. 칼날은 다행히 내 목이 아니라 손목을 묶고 있던 노끈을 잘랐다. 고맙다는 말이라도 해야 하나? 싶은 순간 바로 칼날은 내 목 옆에 다가와 있었다.

"네가 살 방법을 알려줄게. 네 핸드폰으로 차를 한 대 빌려서 이 건물 주차장으로 가져와."

"차? 움직이는 자동차 말이죠?"

나는 재빨리 핸드폰을 꺼냈다. 집에서 쫓겨난 이후로는 운전할 생각 자체를 안 했기 때문에 렌터카를 빌릴 일도 없었다. 핸드폰에 내려받은 렌터카 앱에 개인 정보 입력 후 운전면허를 인증했다. 그러면서도 나는 간절하게 좌측 하단부의 전화기 아이콘을 눌러 112로 전화를 걸고 싶었다. 하지만 투명한 놈이 내 뒤에서 보고 있을까 두려워 엄두를 내지 못했다. 다행히 렌터카는 멀지 않은 곳에 있었다. 바로 옆 건물 지상 주차장에 렌터카용 공용 차가 검색되었다.

"5분도 안 걸리는 거리에 있어요. 다녀올게요."

핸드폰 화면에 렌터카 대여를 확정했다는 메시지가 뜨자 과도는 화장실 바닥을 향했다. 나는 화장실에서 일어나 현관문을 열고 밖으로 나갔다. 내 몸은 오피스텔 1501호에 들어간 이후 처음으로 자유로워졌다. 엘리베이터로 1층까지 내려가 불과 열 걸음을 걸어 옆 건물 주차장에 도착할 때까지, 또 주차장에서 렌터카를 찾아 문을 열 때까지 내 머릿속에 드는 생각은 한 가지뿐이었다. 난 위험한 일에 엮여버렸고, 여기서 도망쳐야 한다는 것.

하지만 방법이 마땅치 않았다. 운전석에 올라타 핸드폰을 켰다. 지금이라면 차를 몰고 어디론가 도망칠 수도 있다. 아니면 경찰에 신고하는 방법도 있다. 나는 통화 버튼을 눌러 숫자 112를 화면에 찍었다. 하지만 경찰이 전화를 받는다 해도 설명할 말이 떠오르지 않았다. 보이지 않는 사람이 내 목에 칼을 겨눴다? 그놈한테 협박을 당해서 렌터카를 빌렸다? 내가 신고를 받는 사람이어도 코웃음을 칠 만한 얘기들이었다.

핸드폰 화면을 보며 고민하고 있는 사이, 똑똑 차창을 두드리는 소리가 들렸다. 고개를 들었지만 차 주변에는 아무도 보이지 않았다. 이어서 시동도 걸지 않은 차창의 와이퍼가 혼자 올라가고, 멀쩡하던 양쪽 백미러가 차례로 접히는 것이 보였다. 그 순간 나는 도망칠 의지를 상실할 수밖에 없었다. 보이지 않는 존재는 바로 이 차 앞에 와 있었다. 뒷좌석 차문이 열리고, 운전석 바로 뒷자리에 놈이 앉는 소리가 들렸다. 운전하는 사람이 가장 대응하기 힘든 자리였다. 놈은 사람을 협박하고 컨트롤하는 데에는 전문가가 분명했다.

"허튼 생각 말고 차 출발시켜."

"어, 어디로 갈까요? 제가 내비게이션 없이는 운전을 전혀 못해서요."

"손님 없고 복도 넓은 숙소."

나는 필사적으로 머리를 굴렸다. 1년 전, 잠깐 사귀었던 여자친구와 함께 갔던 호텔이 떠올랐다. 시설은 모텔보다 나쁘면서 숙박 비용은 호텔 수준이었던 곳. 그래서 투숙객도 거의 없던 곳. 나는 내비게이션에 목적지를 입력했다. '호텔 파나틱'이라는 곳이었다.

운전을 하는 동안 몇 번이나 사고가 날 뻔했다. 계속 차선을 물고 운전했고, 깜빡이도, 끼어들기도 우왕좌왕하며 멋대로 달렸다. 내 눈이 앞을 보고 있는 건지, 내비게이션을 보고 있는 건지, 아니면 룸미러를 통해 뒷좌석을 보고 있는 건지 헷갈렸다.

"침착하게 몰아. 운전하는 놈을 죽이진 않으니까."

투명한 존재가 귓바퀴 바로 앞에서 작게 소곤대는 바람에 순간적으로 목덜미에 소름이 돋았다. 놈은 위로인지 뭔지 알 수 없는 말로 나를 안심시키려 했다. 온갖 생각이 들었다. 녀석도 기영과 관련이 있을까? 기영이 투명인간을 죽였다고 한 걸로 봐선 놈들이 내게 우호적일 가능성은 희박해 보였다. 기영이 저 오피스텔에 남긴 것을 놈이 선수 쳐서 없애버렸고, 남은 증거들마저 인멸하려 하는 거면 이 상황은 몹시 위험했다. 내가 기영과 투명인간의 시체를 유기한 유일한 공범이기 때문이다. 하지만 죽이려 했다면 방금 전의 그 오피스텔에서도 충분히 죽일 수 있었는데 뭐 하러 굳이 렌터카와 숙소를? 머릿속이 점점 복잡해졌다. 대화를 유도해 녀석에게 뭐라도 알아내야 했다.

"저, 제가 선생님을 뭐라고 불러야 될까요? 이름이 있으세요?"

"사사녀."

"사사녀? 그게 이름입니까?"

"그렇게 부른다."

"녀……. 혹시 여자 할 때 녀라는 뜻인가요? 아, 혹시 그쪽에도 남녀 구분이 있는 건지……."

"여자라는 뜻이야. 난 여자고."

정말로 삭막한 느낌을 주는 이름이었다. 사 씨가 없는 것은 아니지만 사사녀라니. 또한 놈의 성별이 여자라는 것도 놀라운 일이었다. 들려오는 목소리로는 도저히 성별을 가늠할 수 없었다. 여자라고 해도, 남자라고 해도 어색한 목소리였다. 다만 오피스텔에서 처음 습격당했을 때의 느낌으로는 힘과 기술은 놀라웠어도 몸통 자체가 크진 않은 듯했다.

"사사녀 씨. 기영이랑 무슨 원수가 졌는지는 몰라도요. 저는 거의 1년간 연락도 안 하다가 요 며칠 전에 다시 만난 게 전부거든요. 친하지 않았냐 하면 또 그건 아닌데, 그렇다고 막 비밀을 공유하는 정도까진 아니었어요. 기영이가 입이 무거워서 남한테 뭘 잘 말하는 성격도 아니고요. 그러니까 혹시나 무슨 일인지는 몰라도 제가 기영이랑 같이 깊숙이 관계되어 있다고 보신다면 그건 오해거든요."

나는 맥락도 없이 횡설수설했다. 내 화술은 놈에게 정보를 캐내기는커녕 오해를 사서 죽기에 딱 좋은 수준이었다.

"내가 죽일까 봐 걱정되나? 죽일 수 있다. 언제든. 하지만 적어도 오늘 그럴 생각은 없어."

사사녀의 대답은 하나도 안심이 되지 않았다. 오히려 그녀의 악의만 확인할 수 있었다.

나는 차를 호텔 지하 주차장에 주차했다.

"숙박은 일주일로 잡고 방까지 날 안내해."

그녀의 지시 사항은 명확했다. 뒷좌석 문이 동시에 열린 걸로 봐서는 사사녀도 나와 함께 내린 것 같았다. 하지만 엘리베이터를 타고 로비로 올라가는 사이 사사녀가 한 마디도 하지 않아 그녀의 위치를 파악할 수 없었다. 엘리베이터처럼 닫힌 공간에서도 그녀의 기척은 거의 느껴지지 않았다. 아무리 무서운 괴물이나 귀신이라도 눈에 보이기만 한다면 이렇게까지 무섭지는 않을 것이다. 나는 로비에서 사사녀가 시킨 대로 숙박 일주일 치를 계산했다. 내가 처한 상황도 상황이지만 지출도 뼈아팠다.

직원이 방을 배정하고 키를 내주는 동안 열댓 명의 사람들이 와글대며 입구로 들어왔다. 외국인 관광객들이었다. 그들은 시끌벅적하게 좁은 로비를 채우며 내 주위를 에워쌌다. 그때 번뜩 생각이 떠올랐다. 도망칠 기회는 어쩌면 지금뿐이다. 사사녀가 지시한 이동 수단이나 숙소의 특징으로 봤을 때 그녀는 일반인들의 이목을 피하고 싶어 한다. 인파 속에서 도망친다면 그녀도 섣불리 쫓아오지는 못할 거라는 계산이 들자 나는 곧바로 행동에 들어갔다.

호텔리어에게 받은 키를 바닥에 떨어뜨리고는 재빨리 사람들을 헤치며 입구를 향해 뛰었다. 사사녀가 따라잡기 힘들도록 일부러 덩치 큰 사람들 사이를 지그재그로 돌파했다. 혹시나 따라붙을지 모르는 사사녀를 공격하기 위해서 팔을 좌우로 붕붕 휘두르며 로비를 지나 문밖으로 뛰쳐나왔다. 그 모습이 얼마나 추할지 신경 쓸 겨를은 없었다. 나는 좁은 문틈으로 잽싸게 빠져나온 뒤, 사사녀가 따라 나오지 못하도록 문을 단단히 붙잡고 주위를 살폈다. 사사녀도 이 상황에서 눈에 띄게 문을 열고 나오진 못할 것이다.

일단 안심이 되었다. 아직 로비에 사람들의 시선이 있을 때 재빨리 이곳을 벗어나 택시를 잡아야 한다. 그런 생각을 하며 돌아선 순간, 나는 다리에 강렬한 통증을 느끼며 앞으로 고꾸라졌다. 호텔 앞에 있는 고작 여섯 개밖에 안 되는 계단에서 나는 한 바퀴를 구르며 바닥으로 추락했다. 다리가 꼬이거나 발을 헛디딘 것이 아니었다. 내 허벅지를 노리고 걷어찬, 명백한 공격이었다. 간신히 몸을 일으켜 난간에 부딪친 머리를 훔치자 약간의 피가 묻어났다. 그때 내 겨드랑이를 확 휘어잡는 손길이 느껴졌다.

"병원 갈 생각 말고 약국으로 가서 붕대랑 소독약을 사."

사사녀였다. 그 집요함에 질려 그만 울음이 터질 것 같았다. 어떻게 이렇게 빨리 쫓아왔는지, 어느 찰나에 문을 통과해서 내 앞에 서 있었는지 도무지 짐작이 되지 않았다. 어지간해선 그녀에게서 도망치기 힘들다는 건 확신할 수 있었다.

"왜, 왜 이러세요, 진짜."

"겨드랑이 밑에 급소가 있어. 여길 찔러서 널 기절시킨 다음에 목 졸라 죽이는 건 일도 아냐. 얌전히 시키는 대로 해."

나는 그녀의 말대로 잠자코 약국에서 붕대와 소독약을 산 뒤 다시 호텔 로비로 들어갈 수밖에 없었다. 로비에서는 호텔리어가 걱정되는 얼굴로 방 키를 내밀었다.

"손님, 괜찮으세요?"

"옷 속에 벌레가 들어가서요, 그만."

내 입에선 어처구니없는 변명이 튀어나왔다. 이미 관광객들은 방을 배정받고 들어갔는지 나는 텅 빈 엘리베이터를 타고 호텔 방 안으로 들어갔다. 물론 사사녀도 함께였다. 여자와 단둘이 호텔 방에 들어오는 일이 이토록 끔찍할 수도 있다니. 나는 서둘러 이 자리를 벗어나고 싶었다.

"이만 가도 될까요?"

"저 테이블에 앉아."

사사녀의 지시에 따라 창가에 있는 의자에 가서 앉았다. 테이블 맞은편 의자에 그녀가 앉는 소리가 들렸다.

"상처 치료부터 해."

나는 들고 온 약국 봉지를 열어 붕대와 소독약을 꺼냈다. 바로 맞은편에 사사녀가 앉아 있는 게 분명했지만 그녀는 투명하므로 뒤쪽의 전신 거울에 내 모습이 다 비춰 보였다. 신기한 경험이라면 신기한 경험이었다. 나는 찢어진 이마에 소독약을 바르고 머리를 대충 붕대로 감았다. 상처가 깊지 않아서인지 피는 금세 멎었다.

"해칠 생각은 없었다. 긴 얘기니까 일단 앉혀놓고 설명해 주려 했는데 네가 갑자기 도망치는 바람에."

전혀 미안하지 않은 것 같은 말투였다.

"무슨 설명 말이에요?"

"그보다 먼저 너랑 기영의 대화 목록이 있으면 보여줘."

나는 핸드폰을 꺼내 기영과의 메시지 내역을 열어 맞은편으로 내밀었다. 기영이 보냈던 빈 소파 사진이 아직 남아 있었고, 마지막 메시지는 돈을 갚게 계좌 번호를 달라는 내 메시지였다. 메시지를 다 확인했는지 잠시 후 사사녀의 목소리가 들렸다.

"채기영은 날 도우려 했어. 실패를 직감하고선 너한테 일을 맡긴 거고. 내 쪽에선 네가 믿을 만한 사람인지 알아봐야 했어."

기영이 자신을 도우려 했다는 사사녀의 말로 그녀가 어느 쪽에 서 있는지는 짐작할 수 있었다. 기영과 친구인 것을 확인한 이상 최소한 나를 죽이지는 않겠다는 안도감이 들었다.

"그런데 기영이가 저한테 무슨 일을 맡겼다는 거죠? 기영이는 그 오피스텔에 가보라는 말밖에 안 했어요."

"네가 날 여기에 옮겨다 준 것도 그 일 중 하나야. 앞으로도 날 도와줄 수 있겠어?"

"그, 그건 힘들어요. 난 그쪽이 어떤 사람인지도 모르겠고. 또 기영이가 나한테 거기까지 부탁한 것도 아니고. 애, 애초에 내가 남을 도와줄 만한 처지인지도 잘……."

"이 메시지에 넌 채기영한테 빚을 안 갚았다고 되어 있는데?"

"빚……빚이야 있죠. 그런데 이런 식으로 갚을 생각은 못 했어요. 그리고 오늘 렌터카랑 숙박비로 쓴 돈만 해도 장난 아닌데……."

맞은편 의자가 스르륵 뒤로 밀려나는 것이 보였다. 그리고 베란다 창이 저절로 열렸다.

"이 자리에서 기다려."

말이 끝나자 베란다 난간 쪽에선 통, 통 하며 쇠 부딪치는 소리가 났다. 눈에 보이지 않으니 그녀가 무슨 일을 벌이고 있는지 전혀 알 수가 없었다. 어쨌든 방금 전의 대화를 통해 분명해진 사실이 하나 있었다. 기영이 월명오피스텔로 나를 보낸 이유는 편지나 물건을 보여주기 위해서가 아니었다. 처음부터 사사녀를 만나게 하려는 목적이었다. 과정은 몹시 거칠었지만 일은 순리에 맞게 풀린 것이다. 처음에는 투명한 시체를 처리하게 하더니 이번에는 살아 있는 투명인간과 만나게 하다니. 기영의 인생에 어떤 일이 있었기에 투명한 인간들과 관계를 맺어온 건지 도무지 짐작도 가지 않았다. 기영이 비범하다는 것은 알고 있었지만 비범한 사람들이 이렇게까지 희한한 일들을 하며 살아갈 줄이야.

긴장이 조금 가라앉자 미뤄뒀던 생리 현상들이 간절해졌다. 냉장고에 비치된 무료 생수를 한 통 다 비우고선 화장실로 향했다. 볼일을 보고 나오자 놀라운 광경이 눈에 들어왔다. 사사녀와 앉아 있던 테이블 위에 지폐와 귀금속류가 펼쳐져 있었다. 가까이 가서 확인해 보니 만 원, 5만 원권과 함께 10달러, 50달

러짜리 달러화도 보였다. 귀금속도 값나가 보이는 것부터 도금
이 다 벗겨진 것까지 섞여 있었다. 전부 합치면 값어치가 100만
원은 넘어 보였다.

"차 빌린 돈이랑 숙박비, 그리고 나 때문에 다친 위로금."

"저…… 죄송한데 방금 다른 방에서 슬쩍해 온 거 아닌가요?"

사사녀는 대답하지 않았지만 물어보나 마나 한 것이었다. 여
유 있어 보이는 관광객들의 돈이라고 해도 아무렇게나 훔쳐 올
생각을 하고 또 순식간에 실행에 옮기다니, 그녀에게 준법 의식
이라는 것이 있는지 궁금해졌다. 애초에 법의 제재를 받는 대상
이긴 한 건가.

"돈이 필요하면 보충해 줄 수 있다. 그리고 넌 내가 누군지 몰
라서 못 돕겠다고 했지? 궁금한 게 있으면 물어봐. 대답해 주지."

그녀의 제안에 말문이 막혔다. 지금 벌어지는 일에 대해 궁금
한 것을 물으라면 일주일 꼬박 밤을 새울 수도 있다. 나는 우물
쭈물하다 제일 궁금한 것을 물어보았다.

"그쪽은 정체가 뭔데요? 귀신? 투명인간? 초능력자?"

"우릴 부르는 명칭이 있지. 좋아하는 이름은 아니지만."

"뭔데요, 그게?"

"묵인. 사람 할 때의 인이다."

묵인. 이름을 붙인 이가 누군지, 부르는 이가 누군지는 몰라
도 그들이 불리는 이름이었다. 침묵과 묵언, 묵살 할 때의 묵과

사람의 인이 합쳐진 기묘한 합성어인 것 같았다. 그 이름 자체가 으스스한 느낌을 줬다.

호텔 방 안의 전자시계는 11시 5분을 표시하고 있었다. 정말로 긴 하루였지만 진짜 중요한 얘기는 이제 막 시작하는 중이었다. 나는 보이지 않는 여자, 사사녀와 대화를 이어갔다.

"묵인이라는 명칭은 누가 붙여줬죠?"

"기원은 몰라. 다른 질문은 없나?"

"원래는 안 그랬는데 사고 같은 것 때문에 몸이 투명해진 건가요?"

"태어날 때부터 너희 눈에는 안 보였어. 우린 그런 존재야."

"그럼 묵인들은 일종의 종족인가요?"

"종족이라면 종족이지."

"묵인들은 어디에 살고 있죠? 서로가 보이나요? 밥은? 화장실은? 학교는 다니나요? 말이랑 글은 어디서 배우고."

"하나씩만 질문해. 일단 우리는 서로를 볼 수 있어. 너희만 우리를 못 볼 뿐이다. 적외선 탐지기 같은 기계로도 우린 보이지 않아. 그리고……."

사사녀의 목소리가 잠시 안 들리더니 테이블에 놓여 있던 달러 지폐가 공중에 붕 떠올랐다. 지폐는 내 눈앞에서 흔들렸다.

"보이지? 묵인은 이런 식으로 살았다. 너희들이 생산한 가치에 기대서. 우린 수가 많지 않으니."

"사람한테 기생해서 살아왔다는 얘기로 들리는데요."

"그 반대일 수도 있지."

우리 사회에 묵인이라는 전혀 다른 존재들이 함께 살아왔다는 것은 내가 평생 들은 신비롭고 불가사의한 이야기들 중에서도 단연 으뜸이었다. 더군다나 묵인 본인이 직접 들려주고 있지 않은가. 나는 투명한 인간들이 식당 뒷문으로 들어와 밑반찬을 훔쳐 먹고, 교실 뒤에 쪼그려 앉아서 말과 글을 배우고, 빈 사무실이나 폐공장 같은 곳에 옹기종기 모여 살아가는 모습을 머릿속에 그려봤다. 충분히 있을 법한 일들이었다. 사람이 다른 사람 물건을 훔치는 일도 만연한 세상인데, 하물며 투명인간이 인간세계의 자원을 무단으로 쓰는 것은 일도 아닐 것이다.

"궁금한 건 해결됐나?"

사사녀가 물었다. 표정을 볼 수는 없지만 말투나 어조에서 약간의 뉘앙스는 알 수 있었다. 그녀는 이 문답을 어서 끝내고 싶어 했다. 하지만 난 몇 시간이고 더 질문할 수 있었다.

"아, 아뇨. 중요한 질문을 못 했어요. 기영이는 이 일과 무슨 관련이 있는데요? 묵인끼리 잘 살아가면 되지 왜 기영이한테 도움을 요청한 거죠?"

"채기영한테 내가 먼저 접근한 게 아냐. 그 반대지. 사람 사회에도 도망 다니는 사람이 있고 쫓는 사람이 있지? 나는 쫓기는 입장이다."

"기영이가 도와준다는 일이 도주를 돕는 거였나요?"

"그렇게 단순한 건 아니야."

"그럼⋯⋯."

"갇힌 묵인들을 구하는 거다."

사사녀의 말은 너무 압축적이어서 온갖 상상을 하게 만들었다. 갇혔다는 것은 교도소 같은 국가기관에 억류되었다는 의미일 수도 있고 민간 조직에 잡혀 인질이 된 상황일 수도 있다. 혹은 자연재해나 사고로 인해 물리적으로 고립되어 있다는 얘기일지도 모른다. 사사녀는 계속 최소한의 정보만을 주면서 대화했고, 나는 그조차 따라잡기 버거워져서 더 이상의 추가 질문을 포기했다. 내가 말문이 막힌 채 가만히 있자 사사녀가 쐐기를 박는 질문을 했다.

"한수. 홍한수. 채기영 친구⋯⋯. 이 이상 설명하자면 끝도 없어. 나는 네 의지만 묻는 거다. 채기영이 하던 일을 이어서 할 수 있겠어?"

분명히 그 질문에 대한 대답은 마음속에서 이미 정해져 있었다. 나는 고개를 좌우로 흔들었다.

"난 누굴 구할 힘이 없어요. 기영이만큼 머리 좋은 인간도 아니에요. 기영이가 급해서 그랬는지 바통 터치 할 사람을 잘못 구했어요. 나 말고 더 똑똑하고 잘난 사람한테 부탁해야 일이 풀릴 거라고요."

"넌 의심받지 않을 테니까 적임자야. 우리와도, 심지어 채기영과도 접점이 거의 없었으니까."

"아뇨. 내 인생도 못 구해서 빌빌대는 주제에 남을 구할 자신은 없어요. 기영이한테 진 빚은 기영이네 형한테 현찰로 갚을 거예요."

나는 자리에서 일어섰다. 사사녀가 또다시 겨드랑이를 낚아채서 급소를 찌르겠다고 협박할지도 모르지만 지금은 내 의지를 분명히 보여야 했다. 이미 써버린 숙박비가 눈에 어른거렸지만 사사녀가 훔쳐온 돈이나 장신구는 하나도 챙기지 않았다. 내가 화장실 앞을 지나 방문 앞에 다다를 때까지 사사녀는 나를 제지하지 않았다. 등 뒤에서 그녀의 목소리가 딱 한 번 들려왔다.

"나서지 않으면 많은 사람이 죽을 거야."

나는 그녀의 말을 외면하고 거리로 나섰다. 이미 새벽으로 접어든 시간이었다. 집으로 돌아오는 길은 스산하고 으슬으슬했다. 사사녀와 대화를 그만두고 싶진 않았다. 보이지는 않지만 만질 수 있는 존재를 만난 것은 내가 평생 겪은 어떤 일보다도 흥미로웠다. 시간이 허락한다면 며칠 밤이고 얘기를 나누며 그와 친구가 되면 좋겠다고 생각했다. 하지만 동시에 나는 새삼스레 두려워졌다. 내가 텅 빈 방에서 귀에 울리는 목소리와 몇 시간 동안 대화했다는 사실이, 기영은 이 때문에 폐쇄 병동에서 입원 치료까지 했다는 사실이, 모든 게 환청과 환각일지도 모른다는 일말의 의심이 나를 두렵게 만들었다. 설령 사사녀와 묵인의 존재가 전부 사실이라 해도 마찬가지였다. 전설의 용과 싸워 세상을 구하고 싶어 하는 소년은 내 마음속에서 최소 9년 전에 죽어버렸다. 우주의 비밀보다 다음 오디션의 당락 여부를 더 궁금해하는 시시한 어른으로 자랐을 뿐이다. 무섭기만 하고 득 될 건 없어 보이는 일에 깊숙이 발 담그기가 겁났다. 그래, 재밌는 수다였다. 몇십 년이 지나도 오늘 일은 재미있는 술자리 안주로 써먹을 수 있겠지. 나는 그렇게 결론지으며 내 반지하방으로 돌아왔다.

그렇게 며칠이 지날 동안 특별한 일은 전혀 일어나지 않았다. 연기를 배우고, 오디션을 보고, 그사이사이 레토르트 식품이나 편의점 도시락으로 대충 끼니를 때우며 흘러갔다. 주말에는 온종일 아르바이트로 바쁜 시간을 보냈다. 기영 때문에 겪었던 며칠 사이의 기억이 몽롱하게 사라진 꿈같았다. 자살한 기영은 연기가 되어 하늘에 흩어졌고, 그게 다였다. 투명한 시체 따위, 기영이 구하려 했다는 사사녀와 묵인의 존재 따위, 아무도 믿어주지 않을 말 따위는 잊기로 했다. 내겐 눈에 보이는 성과를 내는 것이 훨씬 더 중요했으니까.

〔홍한수 지원자님, 1차 오디션에 합격하신 것을 축하드립니다. 2차 오디션 일자와 장소를 메일로 안내드렸습니다.〕

사사녀와 사투를 벌인 경험이 도움이 됐던 것일까? 마임 연기를 특기로 선보인 오디션에서 합격 통지 문자가 도착했다. 들뜨는 기분을 어찌할 수가 없었다. 큰 배역은 아니지만 대사 있는 단역이었고, 드라마 한 편과 영화 두 편을 연출한 나름대로 유명한 감독의 차기작이었다.

연기 학원 선생님도 모두의 앞에서 나의 합격 소식을 치하했다.

"홍한수 씨 앞으로 잠깐 나와보세요. 오늘 한수 씨가 누아르 영화 《피 튀기는 인생》 1차 오디션에 합격했습니다. 모두 박수 쳐주시고 한수 씨도 한마디 해주세요."

"에이 뭐, 쑥스럽네요. 제가 나이 먹고 연기 도전해서 부족한 건 많은데요. 그래도 확실한 특기 하나를 파고드니까 눈여겨보는 분들이 있더라고요. 여러분도 포기하지 말고 같이 해봐요."

학원생들은 박수를 쳤지만 나는 빨개진 얼굴을 들키기 싫어 고개를 숙였다. 영화에 조연으로 출연할 당시 연기파 여배우로 인지도가 있었다는 연기 선생님은 호들갑스러운 면이 있었다. 학원생들이 짧은 대사라도 실수 없이 소화하면 추켜세워 주곤 했는데, 특히 나에게는 기대가 많이 된다며 몇 번이고 얘기해 주었다. 어쩌면 나도 그녀의 기대에 부응하기 위해 더 열심히 하는지도 모르겠다. 연기 연습을 하는 동안 가슴속에는 자신감과 긍정적인 생각들만 가득해져서 묵인의 일 따위는 까맣게 잊어버렸다. 기영의 찜찜한 죽음도 당분간은 생각나지 않을 것 같았다. 수업이 끝난 뒤에도 나는 한동안 연습실에 남아 핸드폰으로 촬영하며 연기 연습을 했다.

"아직 안 가셨네요? 재윤 오빠랑 사람들은 회식한다고 갔는데?"

뒤를 돌아보니 고등학생인 학원생 하나가 놓고 간 물건을 가지러 연습실에 들어와 있었다.

"엉? 회식? 난 들은 적 없는데?"

"길 건너 닭갈빗집이요. 미성년자 빼고 다 모인 것 같으니까 가보세요. 선생님도 같이 갔어요. 저는 내일 학교 가야 돼서 못 가요."

마침 저녁도 먹어야겠다는 생각이 들어 나는 무심코 학생이 말한 장소로 향했다.

족히 수백 명은 수용할 만큼 넓은 닭갈빗집은 회식을 하러 온 직장인들로 분주했다. 나는 학원생들이 앉은 자리를 찾아내 사람들을 헤치며 그곳으로 갔다. 가까이 가자 그들의 목소리가 날카롭게 고막을 때렸다. 칵테일파티 효과라고 하던가. 몹시 소란스러운 자리에서도 자신에 대한 말은 귀에 쏙쏙 들어온다는 얘기를 들은 적이 있는데, 딱 그 꼴이었다.

"그 오빠 오늘도 혼자 연습실 남았던데, 오디션 하나 붙었다고 너무 오바 아냐?"

"아 말도 마. 혼자 들뜨는 거 한두 번이냐? 분위기 파악 못 하는 타입이잖아."

"파트너 연기 할 때도 혼자 너무 진지 빨아서 눈빛 부담스러워 죽겠어. 그리고 또 뭐야? 그 마임 연기? 어우 솔직히 흉측해."

연습실에 혼자 남았던 사람이라면 분명 나였다. 나를 둘러싸고 이런 여론이 형성되어 있으리라고는 전혀 생각하지 못했다. 평소에는 응원해 주던 이들이 대체 나에게 왜? 자기들한테 나쁜 말 한번 해본 적 없는 나에게 대체 왜? 온몸의 피가 차갑게 식는 게 느껴졌다. 더욱 충격적인 사실은 나를 행님 행님 하며 따르던 재윤과 늘 칭찬해 주던 연기 선생님조차 웃으며 그 대화에 끼고 있었다는 것이다. 그 웃음은 비웃음이 분명했다.

"너무 그러지 말아요. 한수 씨는 여기 있는 분들처럼 본업이 없잖아. 그 나이에 이거 하나 하고 있으면 얼마나 절박하겠어요. 솔직히 프로로 갈 실력은 아니니까 자기도 심란하겠지."

"아녜요, 쌤. 그 행님 심란한 거 몰라요. 고3 때부터 10년을 허송세월하다가 오죽하면 부모님한테 손절당했잖아요. 나한테 그런 얘기도 안 거르고 다 하더라니까? 사람이 착하고 순진해 진짜."

이제야 확실히 알 수 있었다. 그들 사이에서 나는 악당도 못 되는 바보였다. 나이 많은 바보. 왜 그들이 가게에 들어온 나를 일찍 발견하지 못한 걸까? 그랬다면 지저분한 뒷담화는 알지 못한 채 계속 즐겁게 살았을 텐데. 왜 이 가게에는 이렇게 사람이 많고, 셀프 코너에는 왜 이렇게 사람이 바글거리는 걸까? 나는 붐비는 가게에서 투명인간이나 다름없었다. 종업원들조차도 내게 말을 걸지 않았다. 나는 그대로 발길을 돌려 가게를 빠져나왔다.

마음속의 긍정적 에너지는 어느새 증발해 버렸고 이튿날 2차 오디션에 갈 때에는 분노와 복수심만을 담고 갔다. 내가 바보가 아니란 걸 보여주리라. 너희는 도전도 못 하는 오디션에 척하니 붙어서 내가 진짜란 걸 증명하고, 선생님 당신과도 어깨를 나란히 하는 위치라는 걸 보여주리라.

오디션 현장인 스튜디오에 도착하자 감독과 프로듀서, 조감독이 나란히 앉아 있었다. 나는 그들 앞에서 망설임 없이 자유연기를 선보였다.

"아니, 그런 거 말고 진짜 이유를 말해봐요. 말해봐요. 저 진짜 생각 많이 해봤는데 정말 모르겠거든요? 우리 어떻게 하다가 이렇게 된 거죠? 7년 동안 당신 밑에서 개처럼 일해온 날! 무슨 말이든지 좀 해봐!"

유명 누아르 영화의 명대사 파트를 연기하자 그들의 표정이 밝아진 걸 느낄 수 있었다. 감독은 미소를 보이며 상대 파트의 대사를 직접 쳐주기까지 했다.

"홍한수 씨 연기 잘 봤는데, 저번에 개인기로 보여준 마임 있잖아. 그거 한 번 더 보여줄 수 있어요?"

감독의 말투는 다소 장난스러웠지만 나는 그것도 좋은 신호로 받아들이고 마임을 시작했다. 광고 영상에서 연기했던 마임은 앞으로 걷고 있지만 투명한 벽에 의해 뒤로 밀려나며 당황하는 동작이었다. 거부할 수 없는 혁신이 밀려오고 있다는 것을 상징하는 심오한 동작이어서, 비데 광고라는 점만 빼면 완벽했다. 나는 또 혼신의 연기를 펼쳤다. 감독이 자신의 핸드폰을 들어 동영상을 찍고 있는 건 연기 도중 뒤늦게 발견했다. 순간적으로 당황해 동작이 흔들렸지만 마임에 대사가 들어가선 안 되는 법이었다.

"어우, 너무 잘 봤습니다. 내일 중에는 조감독님이 결과 알려드릴 테니까 기다리세요."

긴장됐던 2차 오디션은 10분 만에 끝났다. 스튜디오를 빠져나오는데 온갖 감정이 뒤섞여 얼굴이 화끈거렸다. 나라는 사람을 숨김없이 내보였다는 자부심, 긴장이 풀리며 밀려오는 황홀감, 실수가 있었을지도 모른다는 불안과 후회. 오디션의 후유증이었다. 화장실로 가서 찬물에 세수를 몇 번이나 했지만 가슴이 진정되지 않았다. 콩콩대는 심장을 안고 가만히 엘리베이터를 기다릴 수가 없어 괜히 복도를 서성대다 문득, 어디선가 킥킥대는 소리를 들었다. 불길한 직감이 되살아났다. 전날 학원생들이 모욕하는 얘기를 엿들었을 때처럼, 또 나쁜 일이 벌어질 것만 같았다. 나는 소리를 따라 비상계단 쪽으로 향했다. 돌이켜 보면 그것이 가장 큰 실수였다.

빌딩의 비상계단은 이중 구조로 되어 있었다. 복도를 벗어나는 문이 하나 있고, 그곳에서 계단으로 통하는 문이 하나 더 있었다. 복도 문을 열자 계단 문이 살짝 열려 있는 것이 보였다. 그리고 그곳에서 두 사람의 대화 소리가 들렸다.

"얘 진짜 골 때리지 않냐? 표정 봐, 표정. 지가 잘하는 줄 아나 봐. 이 동영상 인터넷에 올리면 완전히 밈 되겠다."

"그러니까요. 이 친구 배역은 아무래도 힘들겠죠?"

"얘 들어갈 자리가 어디 있냐? HGG엔터 쪽 사람 써야지. 제작사하고 다 얘기돼 있는 건데."

나는 열린 문틈 사이로 그들을 엿봤다. 감독과 조감독이 핸드폰으로 동영상을 보며 웃고 있었다. 내 마임을 찍은 동영상이 틀림없었다. 내가 화장실에 간 사이 그들은 비상계단에서 내 흉을 보고 있었다. 대사 한 줄 있는 자리가 간절해서 몇 달을 연습하고 찾아온 배우 지망생을 비웃었다. 절박한 사람의 얼굴에 침을 뱉는 짓이었다. 더러운 예감은 좋은 예감보다 두 배는 적중 확률이 높다더니, 어제와 똑같은 일이 반복되고 있었다. 이런 순간을 연달아 겪게 한 신의 가혹함을 저주했지만 잘못은 내게 있었다. 내가 세상의 웃음거리인 줄도 모르고 살아온 죄였다. 세상 사람들의 시선은 지훈이네 패거리의 시선과 한 치도 다르지 않았다. 그들이 특별히 나쁜 것이 아니라 내가 특별히 못난 인간임을 나는 뒤늦게 깨닫고 있었다.

곧 상황은 더 나빠졌다. 조감독이 사무실로 돌아가기 위해 내가 서 있는 쪽으로 건너왔다. 비상계단으로 통하는 문이 활짝 열렸고, 졸지에 그들과 내가 정면으로 마주쳐 버렸다. 흠칫 놀란 조감독은 굳은 얼굴로 황급히 나를 지나쳤고, 내 앞에는 담배를 물고 있는 감독만 남았다. 더 이상 그곳에 서 있을 수가 없어 비상계단으로 걸음을 옮겼다. 무슨 말이라도 하고 싶었지만 입이 열리지 않았다. 나는 감독을 지나쳐 그대로 층계 아래로 내려갔다. 말을 꺼낸 것은 오히려 감독이었다.

"한수 씨 미안하게 됐는데, 내가 충고 하나 할게요. 이름 있는 기획사에 먼저 들어가서 기본 트레이닝부터 철저히 받아요."

나는 고개를 돌려 계단 위의 감독을 올려다봤다.

"감독님, 배우가 내정돼 있는데 오늘 절 부르신 겁니까?"

분노를 꾹꾹 눌러 담아 정중하게 표현할 방법은 그것밖에 없었다. 하지만 감독은 오히려 자신이 무례한 일을 당한 것처럼 나를 쏘아붙였다.

"뭐? 나는 배우들 오디션 경험 쌓으라고 불러준 거예요. 앞으로 감독한테 눈 그렇게 뜨지 말아요."

"······죄송합니다."

나는 역시나 비굴했다. 뼛속까지. 화를 내고 멱살을 잡아도 모자랄 상황에서도 내 한심한 주둥이는 언제나처럼 미안하다는 말을 장전하고 있었다. 온몸의 피가 부글부글 끓어대는 느낌이었다. 그때 감독의 비명이 들렸다. 다시 돌아보니 감독은 뭔가에 찔린 듯 양손으로 눈을 감싸고 있었다.

"아악! 이게 뭐야! 날벌레야?"

눈을 부여잡고 종종대던 감독은 뭔가에 다리가 걸린 듯 중심을 잃더니 계단 아래쪽으로 굴러떨어졌다. 나는 본능적으로 그의 몸뚱이를 피했고, 감독은 십여 계단을 구른 뒤 벽에 머리를 박고 나서야 멈췄다. 가까이 가 보니 눈은 감겨 있었지만 가슴은 미세하게 위아래로 들썩이는 게, 기절한 것처럼 보였다. 나는 눈앞에서 일어난 일을 믿을 수가 없어 구급차를 부르거나 감독을 깨워볼 생각도 못 한 채 멍하니 서 있었다. 일련의 동작들은 너무나 부자연스러워서 그가 고난도 마임 연기를 하는 것처럼 보였다. 그 순간, 겨드랑이 밑으로 뭔가가 파고들었다. 등줄기에 소름이 쫙 돋아났다. 그리고 귀에 두렵지만 낯익은 목소리가 울렸다.

"그때 못 한 말이 있어. 묵인은 은혜를 잊지 않는다."

허공에서 들리는 목소리. 분명 사사녀였다.

"나, 날 따라온 거예요? 언제부터?"

"그날 내가 준 돈을 안 받았지. 다른 걸로 갚으러 왔다."

"갚다니……. 그럼 이 감독, 당신이 이렇게 만든 거예요?"

그 순간 가만히 있던 감독의 머리통이 축구공처럼 통 하고 5센티 정도 떠올랐다. 사사녀가 발로 찬 것이 분명했다.

"원하는 거였잖아."

"아니, 그래도 그렇지. 갑자기 이렇게 나타나면 사람 곤란하게……."

"네가 하고 싶은 일이 남았을 텐데."

사사녀는 내 겨드랑이를 놔줬다. 감독 놈이 바닥에 떨어뜨린 핸드폰이 보였다. 나는 그 핸드폰을 주워 동영상 목록에 들어갔다. 가장 최근 영상에는 역시 내 마임 연기를 찍은 동영상이 있었다. 뿐만 아니라 오디션 중인 여자 지망생들의 치마 속을 집요하게 찍은 영상들도 잔뜩 있었다. 나는 그 영상들을 영구적으로 삭제해 버리고는 감독의 머리통 위로 핸드폰을 떨어뜨렸다. 멍청한 핸드폰이 멍청한 감독의 두개골과 부딪쳐 울리는 소리는 실로 경쾌했다. 먹먹했던 가슴이 뻥 뚫리는 기분이었다. 처음으로 나는 사사녀가 고맙게 느껴졌다. 사사녀는 내 등에 손을 댔다.

"지하 1층으로 가."

나와 사사녀는 지하 1층 주차장에 내려갔다. 인적이 없는 주차장 입구에 서자 사사녀가 말을 이어갔다.

"네가 결재해 준 호텔 숙박일이 오늘까지야. 묵인들은 너한테 해줄 수 있는 게 많다. 이 정도면 거래가 되겠나?"

"지낼 곳이 필요한 거죠?"

나는 사사녀가 한 말을 알아들을 수 있었다. 온몸에 전율이 돌 정도로 잘 알아들을 수 있었다.

"말했지. 묵인을 도와주면 묵인은 은혜를 갚는다. 네가 원하는 식으로."

그녀는 투명하다. 세상 사람들 눈에 보이지 않으며 CCTV에도 찍히지 않는 존재다. 그런 사사녀가 어떤 식으로든 날 돕겠다고 한다. 그녀를 통해 할 수 있는 재밌는 일들이 잔뜩 떠올랐다. 모든 걸 잃고 삶이 나락으로 떨어진 내 손에 황금 열쇠가 주어진 것만 같았다. 거부할 이유는 전혀 없었다. 처음부터 사람을 이렇게 설득하지. 내 입에는 미소가 번졌다.

"얼마든지 도울게요. 말만 해요."

"저번처럼 차를 빌려. 그리고 다른 호텔로 이동해."

나는 사사녀가 편히 탈 수 있도록 내부가 넓은 SUV 차량을 빌렸다. 그리고 고급스러운 호텔을 내비게이션 목적지로 입력했다. 그녀를 멋진 곳에 머물게 해주고 싶었다. 로비에서 키를 받아 방문을 열자마자 나는 룸서비스 메뉴판부터 펼쳤다.

"묵인들도 밥을 먹죠? 메뉴 골라요."

"식당 환풍구로 들어가서 먹고 올 수 있는데."

"제가 사고 싶어서 그런 거예요. 내일은 내 일 좀 도와줬으면 하니까."

"무슨 일인지는 안 들어도 알겠다. 너 음침한 놈이었구나."

사사녀는 처음으로 피식 하고 웃었다. 그녀는 아라비아따 파스타와 풍기 피자, 그리고 양갈비 스테이크를 시켰다. 그녀가 밥을 먹는 모습을 옆에서 지켜봤다. 허공에서 스스로 움직인 포크가 파스타 면발을 공중으로 붕 띄워 올리더니 면은 이내 어딘가로 빨려 들어가듯 사라졌다. 옆에서 보니 면은 깨진 동영상처럼 이따금 조각나고 찢기더니 이내 없어졌다.

"기분 나쁘게 쳐다보지 마라. 난 구경거리가 아니다."

신기해하는 나를 발견했는지 사사녀가 경고했고, 나는 즉시 일어나 집으로 돌아왔다.

자리에 누웠지만 눈은 말똥말똥했다. 내일 일이 너무나 기대되어 심장이 두근거렸다. 이것은 분명 바람직한 기대감은 아니었다. 오디션에 합격하고, 멋진 연기를 선보이고, 사람들의 갈채와 사랑을 받아서 느끼는 만족감이 양지의 쾌감이라면 그 반대쪽에는 음지의 쾌감도 있는 법이다. 잘난 척하는 녀석이 몰락하는 것을 보거나 저주하는 상대가 괴로워하는 것을 볼 때의 묘한 만족감, 그리고 건방진 감독이 계단에서 구르는 것을 볼 때의 짜릿한 기분 같은 것이었다. 긍정적인 기대가 부서진 빈자리를 부정적인 쾌감이 빠르게 채웠다. 나는 그때 기영을 떠올렸다. 기영아, 너에게도 묵인은 이런 순간에, 이런 의미로 다가왔니? 그래서 네가 묵인들을 도와준 걸까? 그렇다면 나는 너를

천 프로, 만 프로 이해할 수 있을 것 같다.

　다음 날 해가 저무는 시간. 연기 학원 수업을 끝내고 돌아온 재윤은 내 앞에 서 있었다. 내가 녀석을 불러냈다.

　"행님, 오늘은 또 왜 학원을 안 오시고 이렇게 따로 보자고 하셨어요? 그리고 왜 하필 여기서 보자고 하셨대?"

　내가 잡은 약속 장소는 근처에서 가장 인적이 드문 놀이터였다. 가로등은 부서졌고, 운동기구는 하나같이 녹슬어 있었다.

　"길게 말하지 않을게. 며칠 전에 학원 사람들끼리 회식했더라? 닭갈빗집에서."

　"아, 그랬었죠. 형도 오시지. 그날 재밌었는데."

　"내 욕하느라 재밌었겠지. 그날 나도 갔다가 내 얘기 듣고 나왔거든."

　"아……! 행, 행님. 개네들이 원래 남의 말 함부로 하잖아요. 저 없는 데서는 제 말도 막 할걸요?"

　"그 형님은 심란한 거 모른다, 10년 허송세월하다 부모한테 손절당했다. 그 자리에서 네가 얘기하던데? 못 들었을 것 같냐?"

　나는 그 말을 하면서 재윤의 표정을 봤다. 재윤은 불안해하지도, 미안해하지도 않았다. 그저 머쓱한 표정을 짓고 있었다. 입가에는 미소까지 살짝 보이면서. 그 표정이 나를 더 화나게 만들었다.

재윤은 실실 웃으면서 말을 이어갔다.

"에이 행님도 참. 제가 걔네랑 장단 맞추느라 과장한 거죠. 뭘 예민하게 그러세요. 없는 데서는 임금님 욕도 하는데."

그가 진실을 알아버린 나를 전혀 두려워하지 않는다는 건 확실히 알 수 있었다. 마치 귀찮게 엉겨 붙는 어린아이를 달래는 말투로 일관했다. 나는 그의 가슴팍으로 시선을 옮겼다. 그는 오늘도 딱 붙는 티셔츠 차림으로 과장된 근육을 내보이고 있었다.

"다 필요 없고 난 너를 더 이상 보고 싶지 않아. 오늘부로 학원 그만뒀으면 좋겠다."

"예? 아, 그런 게 어디 있어요, 행님. 화 좀 푸세요. 별것도 아닌 일로 그러지 마시고. 애들처럼 왜 이래요?"

"넌 그 말을 하면서도 왜 웃고 있냐? 전부터 알고 있었어. 네가 사람 만만하게 보는 거. 너 같은 쓰레기는 내 인생에서 빨리 치우고 싶은데, 어쩌냐?"

"……뭐 쓰레기? 이 양반이 한 번 물러서니까 끝이 없네. 당연히 만만하지 그럼. 댁이 그 나이 처먹고 빌빌대고 사는데 안 만만해?"

재윤에게선 정확히 예상한 반응이 나왔다. 적어도 히죽대는 표정보다는 보기 좋은 얼굴이었다. 나는 자리에서 일어나 벤치에 앉아 있는 재윤을 내려다봤다.

"그럼 만만한 새끼랑 주먹으로 해결하자. 다쳐도 서로 고소

안 하기로 하고."

"행님, 그러다 어디 부러져요. 아 뇨, 무슨 비실비실한 새끼 때리게 생겼네."

재윤이 기다렸다는 듯이 벌떡 일어섰다.

"나 운동 오래 한 거 알지? 야밤에 어디 실려 가지 말고 좋게 꺼집시다. 학원에서 그쪽이랑 아는 척 안 할 테니까. 알았어?"

"무서우니까 말이 많아지냐?"

"이 좆밥 새끼. 네가 무섭겠냐? 알았어, 그럼. 응급실 신세 져도 나 고소하지 마라."

재윤은 말이 채 끝나기도 전에 얼굴을 감싸며 고개를 숙였다. 내 오른 주먹이 그의 입을 친 것이다.

"이 새끼가! 쳤냐, 지금!"

역시 재윤은 내 주먹에는 끄떡도 없었다. 얼굴이 붉으락푸르락해진 재윤이 내 멱살을 잡고 주먹을 휘두르려는 찰나, 갑자기 몸의 중심이 무너지며 자신의 왼쪽 다리를 붙잡고 소리를 질렀다. 이건 전혀 예상 못 했겠지. 자신이 지금 1 대 1이 아니라 2 대 1로 싸우고 있다는 것을. 놈의 다리를 걸어찬 것은 사사녀가 분명했다. 사사녀에게 미리 얘기해 둔 동선과 타이밍이었다. 사사녀의 공격은 묵직하고 정확했다. 나는 내 멱살을 잡은 재윤의 손목을 붙잡은 뒤 그의 얼굴을 한 대 더 때렸다. 퍽 소리가 났고, 주먹의 둔탁한 감각이 아드레날린을 솟구치게 했다.

재윤은 한 손으로 코피를 닦으며 다른 주먹을 내 얼굴에 휘둘렀지만 역시 적중할 수 없었다. 주먹을 휘두르는 순간 그의 명치 쪽에서 강한 타격음이 들렸다. 사사녀가 발로 찬 걸까? 아니면 무릎? 보이지는 않지만 그녀의 공격이 효과적이라는 것만은 알 수 있었다. 배에 큰 충격을 받은 재윤은 숨소리도 내지 못한 채 바닥에 쓰러졌고, 나는 쓰러진 그의 위에 올라타 주먹을 몇 번 더 휘둘렀다. 더 이상 사사녀의 도움도 필요 없었다.

"잠깐 잠깐! 형님, 형님 그만해요! 살려주세요."

재윤이 외치는 것을 듣고 나는 승리를 실감했다. 쓰러진 재윤을 보고도 분이 가시지 않아 그의 얼굴을 향해 놀이터 흙을 힘껏 차줬다. 모래와 먼지를 뒤집어쓴 재윤은 기침을 해대며 괴로워했다. 모래에 뒤덮여 코피를 흘리는 그의 얼굴은 딸기잼이 삐져나온 도넛처럼 엉망이었다. 초등학교 졸업 이후로 누군가를 때려본 건 처음이다. 내게 심한 행동을 하는 상대를 만나도 상상 속에서나 때려주었지, 화나는 감정은 늘 혼자 삭여왔다. 맘껏 발산해 버리고 나니 더럽지만 충만한 만족감이 온몸을 채웠다. 재윤이 나처럼 비실한 남자에게 맞았다는 게 자존심 상해서라도 신고하지 않으리라는 건 충분히 짐작할 수 있었다. 미리 뽑아 온 5만 원 지폐 두 장을 그에게 던져줬다.

"이걸로 약이나 사서 발라라."

나는 돌아서서 놀이터를 나왔다. 여기서 끝낼 수는 없었다.

가증스러운 선생과 학원생 녀석들도 전부 꼴 보기 싫었다. 사람을 우습게 본 대가로 간담이 서늘해지는 경험을 녀석들도 해야만 한다.

2시간 뒤, 나는 번화가 카페 2층 창가에 앉아 횡단보도 건너편의 건물을 보고 있었다. 내가 다니는, 하지만 이제 더 이상 갈 일이 없는 연기 학원 건물이었다. 카페의 도난 방지용 CCTV 카메라가 나를 찍고 있어 완벽한 알리바이를 만들어주었다. 내가 한 일은 그저 공업용 페인트 두 통을 사서 건물 옆 주차장에 숨겨둔 것뿐이었다. 낡은 학원 건물엔 CCTV가 없으므로 그마저도 증명할 길이 없다. 나는 카메라를 들어 맞은편 건물의 창을 향해 최대한도로 줌을 당겼다. 망원경처럼 창 너머 상황이 자세히 보였다. 수업이 끝난 학원뿐만 아니라 위아래 층 사무실도 퇴근 시간이 지난 뒤라, 건물은 컴컴했다.

그때 학원 창문에 선명한 붉은 줄이 그어지는 것이 보였다. 사사녀였다. 사사녀는 페인트 통을 들고 건물 뒤편 쪽문으로 들어갔을 것이다. 학원 출입문 비밀번호는 이미 알려주었기 때문에 문제될 것도 없었다. 공중에 떠 있는 붓이 학원 여기저기에 빨간 페인트 줄을 죽죽 그어대고 있는 모습이 경쾌한 무용을 보는 듯해 괜히 들떴다. 원장과 학원생 떨거지들 모두 놀라겠지. 범인이 누군지 짐작은 가도 추궁할 방법은 없겠지. 경찰에 신고해 수사가 진행된다 한들 건물 어디에도 내 지문은 남아 있지 않을 테니까. 페인트를 지우기 위해선 청소업체를 불러 돈깨나 써야 할 테고, 그사이 수업도 차질을 빚을 것이다. 아마 건물주에게도 대판 깨질 것이라는 생각을 하니 기분이 좋아졌다. 그들에게 받은 불쾌한 모욕감도 조금은 보상받는 느낌이었다. 그렇게 한나절간의 복수극은 마무리되었다.

나는 렌터카에 사사녀를 태우고 새로 잡은 호텔로 안내했다. 주차를 마치고 로비를 지나 방에 들어갈 때까지 사사녀는 아무 말이 없어서 나는 그녀가 옆에 있는지도 알 수 없었다. 테이블 앞 의자에 앉아 창밖으로 서울 시내를 내려다보자 갑자기 가슴이 턱 막히며 형용하기 힘든 감정들이 휘몰아쳤다. 나도 모르게 눈물이 났고, 나는 터지기 시작한 울음을 마음속으로 더 부추겼다. 차라리 울고 싶었기 때문이다. 기영의 장례식 날처럼 나는 흐느끼기 시작했다. 남을 해치는 데서 오는 쾌감은 스스로에 대한 환멸감으로 금세 덮였다. 오늘 저지른 모든 일들이 후회로 밀려왔다. 재수 없는 놈들이긴 했지만 단순 해프닝으로 덮고 넘어갈 수도 있었는데. 오늘 일을 통해 내 앞길에 스스로 압정을 뿌린 기분이었다. 이것만은 내 일이라고 여겼던 영역을 또다시 미움으로 덧칠해 버린 구제불능의 인간이 바로 나였다.

"뭐라고 말 좀 해봐요, 좀! 듣고 있어요? 잘 들어왔는지도 모르겠잖아요."

나는 울먹거리며 괜히 사사녀에게 소리를 쳤다. 사사녀는 잠시 후 침착한 목소리로 말했다.

"스스로가 한심하게 느껴지나? 넌 복수를 안 했어도 지금 후회했을 거다. 그런 사람이니까 복수를 한 거고."

사사녀의 말은 균형감 있고 온당하게 느껴졌다.

"날 한심하게 생각하고 있죠? 머리도 그쪽이 더 좋고 몸도 그쪽이 훨씬 잘 쓸 텐데."

"난 원래 돌아다닐 수 없는 몸이다. 내가 쫓기고 있다고 말했지? 날 쫓는 놈은 날 눈으로 볼 수 있다. 오늘 같은 일이야 얼마든 해줄 수 있지만 이제는 네가 우릴 도와야 해. 그러면 묵인들 전체가 네 편이 될 거다."

"알았어요. 도울게요, 뭐든."

"오늘 일을 후회한 것 같은데, 계속할 마음이 있다는 건가?"

사사녀의 질문을 받고 나는 잠깐이지만 내 삶을 다시 돌아봤다. 흥분과 자책감에 날뛰던 가슴이 진정되자 생각도 서서히 정리되었다. 정나미 떨어지는 일들을 겪은 후였지만 연기를 계속하고 싶다는 열망은 이전보다 더 강해졌다. 엔터테인먼트 업계에 벌레처럼 득시글거리는 악인들을 만났을 때 대처할 힘이 내게 생길 것이다. 오히려 기대가 되기도 했다. 그런 놈들을 매일매일 더 많이 만나고 싶어졌다. 나를 돕겠다는 묵인들의 힘이 어느 정도인지 지난 이틀 동안 뼈저리게 실감했다. 그들의 힘을 제대로 쓸 수만 있다면 내 삶은 이전과는 비교도 할 수 없이 달라질 것이 분명했다. 계단을 성큼성큼 올라 멋진 일을 해낼 수 있으리라는 확신이 생겼다.

"오늘 일은 후회되지만 유일하게 기뻤던 일이 있어요. 당신이 그 감독 놈을 계단에서 굴린 거요. 이제 목표가 생겼어요, 나. 묵인들이 내 편이 된다면 앞으로 그런 놈들만 찾아다니면서 개박살을 내줄 거예요."

내 말이 끝나자 사사녀의 피식 하는 웃음소리가 들렸다. 어느덧 두 번째였다.

"그건 네가 이 일을 성공시키고 나서 얘기겠지."

"그럼 본격적인 얘기를 해봐요. 묵인들이 어디에, 왜 갇혔다는 건지, 내가 뭘 어떻게 도와줘야 되는 건지."

테이블 맞은편의 의자가 스르르 뒤로 물러섰다. 사사녀가 내 바로 앞에 마주앉은 것이다. 나는 얘기를 들을 준비가 되어 있었다.

"우리는 산속에서 살았다. 태어난 곳도 그곳이고, 밥 먹을 때에도, 몸이 아플 때에도 거길 벗어난 적이 없다. 강의실에서 너희 언어와 사회를 배웠어. 나중에 알았는데 거긴 버려진 군부대였고."

나는 잠시 사사녀의 말을 곱씹었다. 그녀의 설명은 놀라웠다. 누군가 그녀를 체계적으로 관리했고, 그 장소가 군부대라면 국가가 관여되었을 수도 있는 일이었다.

"묵인을 관리하는 건 나 같은 보통 사람이었나요? 국가기관?"

"눈에 보이는 사람이었지. 나는 놈들의 진짜 명칭도 몰라. 미로 속에서는 미로 구조가 보이지 않는 법이니까. 어느 정도 교육을 받으면 시키는 일을 해야 했다."

"일이요? 무슨 일?"

"집이나 사무실에 숨어들어서 핸드폰에 해킹 프로그램을 심는 일, 공장이나 실험 시설을 소형 카메라로 기록하는 일. 회의실 도청은 기본이고."

"산업 스파이 같은 건가요? 어떻게 그런 일을 했는데 시키는 사람들 정체를 모를 수가 있죠?"

"파트를 철저히 나눠서 했으니까. 외출할 땐 완전히 밀폐된 차로 이동했고. 자기 전엔 주사를 맞았는데 그것 때문인지 기억이 조각조각 났다."

"그럼 기영이가 당신을 도왔다는 말은⋯⋯."

"어느 날부터인가 밖으로 나간 묵인들이 돌아오지 않았다. 하나씩 죽이는 거라고 생각했어. 그때 채기영을 만났다."

"기영이가 당신들 있는 곳을 알았나요?"

"채기영은 나를 운반하는 차를 운전했어. 그때 나를 데리고 이 바깥세상으로 나온 거야. 두 달 전이었어. 채기영 말로는 묵인들의 거처를 옮기는 중이라고 했다."

"거처라면…… 다른 군부대로?"

"채기영은 입이 무거웠어. 일이 어느 정도 마무리될 때까지 정보를 감출 생각이었다. 녀석이 어디까지 알아냈는지는 이제부터 찾아내야 돼."

나는 사사녀의 말을 듣는 동안 입안이 말라버린 것을 느꼈다. 묵인들에 대한 새로운 정보를 들을 때마다 나는 내가 사는 세상을 근본부터 의심하게 되었다. 지금 이 나라에서 누군가가 조직적으로 투명인간들을 훈련시켜 스파이로 써먹고 있는데도 어떻게 일반 시민들 누구도 그 사실을 모를 수가 있단 말인가. 또 기영은 어떻게 알고서 묵인들의 일에 끼어들어 사사녀를 구해 올 생각을 했을까. 떠오르는 것이 하나 있었다. 지훈 패거리를 만난 술자리에서 기영이 트럭 운전을 한다는 얘기를 들었다. 그 트럭이 묵인들을 옮기는 수단이었을지도 모른다는 생각이 얼핏 들었다.

"사사녀 당신은 쫓기고 있고 당신이랑 같이 살았던 묵인들이 어디로 갔는지는 기영이만 알고 있다는 얘기죠?"

"전부 내 가족들이다. 그대로 두고 싶지 않아."

나는 사사녀를 향해 천천히 손을 내밀었다.

"우리 악수 한번 하죠."

"어째서?"

"서로 무기가 없다는 뜻으로요. 한 배에 타려면 해야죠."

잠시 후 사사녀의 손이 내 손 안에 느껴졌다. 묵인과의 우호적인 접촉은 처음이었다. 사사녀의 손은 사람보다 딱딱하고 차가웠다. 그날 밤 나는 보이지 않는 존재와 계약을 맺었다.

3장

오픈 유어 아이즈

할 일이 명료해졌다. 기영만 알고 있던 정보들을 긁어모아 묵인들이 있는 장소를 찾아야 했다. 호텔에서 나와 오랜만에 부모님이 사는 본가로 돌아왔다. 집을 나와 산 이후로 몇 번 없었던 일이라 아파트 출입문 비밀번호도 잘 기억나지 않았다. 할 수 없이 동생을 호출했다.

"집 비밀번호도 까먹는 주제에 왜 기어들어 와? 길에서 노숙이나 하지!"

시간은 새벽 3시였다. 수화기 너머에서 동생은 거의 발작하듯 신경질을 냈다. 이해되는 반응이었으므로 나는 얌전히 동생을 기다렸다. 동생은 자다 깬 얼굴로 나를 데리러 나왔다. 나는 발소리를 줄이고 동생의 방까지 따라 들어갔다.

"한용아, 나 부탁이 있는데, 네 차 좀 빌리면 안 되겠냐? 엄밀히 말하면 아빠가 자식들 사준 거니까 내 지분도 있지 않을까?"

내가 방문 목적을 말하자 동생은 벌레를 보는 표정으로 날 위아래로 훑었다.

"나 치대 갔다고 나한테 사준 거거든?"

"내가 집 나가서 세 가족 마음 편히 지낼 거 아니냐? 응? 험하게 안 탈 거니까 이 정도는 봐줘라."

동생은 풀 옵션으로 뽑은 국산 중형 세단을 몰고 다녔다. 학기 중에는 공부해야 한다며 방치하는 것을 알기에 염치 불고하고 부탁하러 온 것이었다.

'거처는 일주일마다 한 번씩 옮길 것. 이틀에 한 번씩 식량을 사 오는 것 외엔 방문하지 말 것. 이동은 되도록 블랙박스 없는 차량으로 할 것.'

사사녀가 내건 조건이었다. 묵인들을 사육해 온 의문의 조직으로부터 추적을 따돌리기 위한 최소한의 조치라고 했다. 그녀를 실어 나르기 위해선 꼭 차가 필요했는데, 렌터카가 믿을 만하지 않다는 게 문제였다. 블랙박스를 통해 어딘가로 정보가 새어 나갈지도 모를 일이고 무엇보다도 매번 렌트를 하는 돈이 아까웠다. 지금 내게 필요한 것은 맘대로 몰고 다닐 수 있는 차였다.

"얼마 동안 빌릴 건데?"

"일 때문에 좀 길게 필요해. 한, 한 달?"

"미친놈아 나 2주 뒤에 시험 끝나니까 그때까지 돌려놔."

"아 참, 한용아, 한용아. 너 치대라도 의학 같은 거 배웠지?"

"또 왜?"

"그…… 투명한 사람이 있을 수 있냐?"

"무슨 미친 소리야? 사람 몸에서 투명한 건 각막밖에 없어."

혹시나 투명인간에 대한 의학적 단서를 들을 수 있을까 해서 물었지만 동생이 제대로 대답해 줄 리가 없었다. 나는 키를 받고 나와 동생의 차에 시동을 걸었다. 차에 타자마자 제일 먼저 내부 블랙박스의 메모리 카드를 뺐다. 허공에 대고 혼자 얘기하는 모습을 동생에게 들켜 미친놈 취급을 받고 싶지는 않았다.

다음 날 아침엔 기영의 형을 찾아갔다. 두 번째 준비물을 확보하기 위해서였다. 마침 휴일이어서 기석 형은 집에 있었다. 최대한 어색해 보이지 않도록 미리 준비해 간 레퍼토리대로 말을 했다.

"저…… 일단 이 봉투부터 받으세요. 200만 원인데 기영이가 저한테 빌려준 돈이에요. 아직 빚이 좀 남긴 했지만 지금은 이 돈이 전부라."

"한수야. 내가 이걸 받아서 어떻게 쓰겠니. 너 필요한 거 사라."

"제가 마음이 편치 않아서 그러죠. 아 참, 그리고 기영이 핸드폰 혹시 가지고 계신가요?"

"어, 집 정리할 때 이상한 데서 나오더라. 근데 핸드폰은 왜?"

"남자끼리의 약속이에요. 장난삼아 얘기했던 거긴 한데, 핸드폰 기록들…… 혹시나 잘못되면 서로 지워주기로 했거든요."

"무슨 얘긴지 모르겠는데. 어떤 기록 말이니?"

"남자라면 누구나 보는 영상들 말이에요. 가족한테 죽어도 들키기 싫은 민망한 기록이잖아요? 제가 그런 부분만 깔끔하게 지우고 다시 돌려드리겠습니다."

잠시 생각하던 기석 형은 방으로 들어가더니 핸드폰 하나를 들고 나왔다. 본인이 생각하기에도 다소 민망한 듯 말을 길게 하지 않았다.

"할 일 다 끝나면 다음 주중에 우편함에 넣고 가."

기석 형에게 받은 핸드폰은 마지막으로 만났던 날 기영이 들고 있던 핸드폰과는 다른 기종이었다. 기영은 세상을 떠나기 전에 자신이 쓰던 핸드폰은 없애고, 가족에게는 다른 핸드폰을 남긴 것이다. 말하자면 기영의 세컨드 폰이라는 얘기인데, 여기에 과연 중요한 정보가 남아 있을지 불안해졌다.

차로 돌아와 핸드폰의 전원을 켜보니 공장 초기화되어 있는 상태라 전화번호 하나, 메시지 하나 남아 있지 않았다. 하지만 초기화되었기에 오히려 이 폰이 아주 중요한 물건임을 직감할 수 있었다. 나는 계획했던 다음 단계로 넘어갔다.

톱클래스 오피스텔은 이름과는 정반대로 공포 영화에나 나올 법한 우중충한 외관을 지닌 곳이었다. 내가 문의 전화를 걸었던 대표라는 사람은 사무실 호수를 끝끝내 알려주지 않고 오피스텔 1층 로비에서 약속을 잡았다. 몹시 뚱뚱한 거북목의 남자가 엘리베이터에서 내리는 모습을 보고 한눈에 그라는 것을 알 수 있었다. 나는 그를 데리고 1층 카페로 들어가 본론을 꺼냈다.

"친구 핸드폰인데 중요한 정보가 지워져서 의뢰드리는 거예요. 가격이나 기간이 얼마나 되나요?"

"복구 견적은 폰 상태마다 천차만별인데. 어떤 상태인지 좀 보고……."

나는 기영의 집에서 받아 온 핸드폰을 남자에게 건넸다. 인터넷에서 수소문한 결과, 삭제된 핸드폰 데이터를 복구하는 데에는 이 남자만큼 실력 좋은 사람이 없다는 얘기가 많았다. 남자는 게슴츠레하게 눈을 반쯤 뜨고 핸드폰 여기저기를 살폈다. 입고 온 티셔츠에는 술주정하는 청색 개구리가 프린트되어 있었다. 그의 외양 하나하나가 대단한 고수라는 믿음을 줬다. 컴퓨터를 만지작대는 일 외에는 어떤 것에도 무관심해 보이는 남자였다.

"어느 정도로 복구를 원하시는지……."

"이 핸드폰 초기화시키기 전 상태 그대로 받고 싶어요."

"현금가 65만 원. 통신사 가입 확인서, 명의자 신분증, 명의자

인감증명, 대리인 신분증, 그리고 명의자 사인 들어간 위임장. 다 갖고 오셔야 될 텐데…….."

"네? 전화로는 그런 말 안 하셨잖아요?"

"절차대로 하려면 다 필요해서……. 이런 거 잘못 복구해 줬다가 철창신세 지면 누가 책임져 줄 것도 아닌데……."

"내 신분증이야 바로 복사해 줄 수 있어요. 근데 명의자는 지금 죽어서 그런 서류를 못 뗍니다. 저는 스토커도 아니고 해커도 아니고 친구 유품을 가져온 거예요."

남자는 핸드폰을 내려놓더니 눈동자를 이리저리 굴렸다. 그는 자리에 앉은 후 한 번도 내 눈을 마주치지 않았다. 남자는 자기 핸드폰을 꺼내 어딘가로 문자를 보내는 것처럼 화면을 눌러 댔다. 내가 어리둥절해 보고만 있자 그는 잠시 후 자신의 핸드폰 화면을 내 쪽으로 돌려서 보여줬다.

yes 서류 = 65만 원 / no 서류 = 115만 원.

노골적이고 알아보기 쉬운 견적표였다. 남자는 적법한 절차를 무시하는 대가로 50만 원의 웃돈을 요구하고 있었다. 꺼림칙한 거래이긴 하지만 내게는 다른 선택지가 없었다.

"그럼 그렇게 합시다. 서류 없이……."

내가 말을 꺼내자 남자는 검지를 입술 가운데 대며 쉿 하고 나를 제지시켰다. 불법행위를 녹음했다가 협박하는 악질적인 고객을 경계하는 것 같았다. 나는 그 자리에서 봉투를 꺼내 115만 원을 현금으로 건넸다. 원래는 기영에게 갚으려 했던 돈이지만 돈의 주인이 사망하는 바람에 전해줄 수 없었고, 그의 형도 돈을 거부했다. 빚진 돈은 돌고 돌아 이 살찐 남자의 손에 쥐어졌다. 기영의 생전 기록을 복구하기 위해서.

남자가 핸드폰을 다시 돌려준 것은 다음 날 오후였다. 기영의 핸드폰을 켜보니 텅 비어 있던 공기계가 방금 전까지 사용하던 것처럼 바뀌어 있었다. 첫인상대로 그의 실력은 확실했다.

나는 그 핸드폰을 가지고 사사녀가 투숙 중인 호텔로 이동했다. 사사녀가 시궁쥐처럼 환풍구로 다니며 음식을 훔쳐 먹게 놔둘 순 없는 노릇이기에 이틀에 한 번은 식량을 사서 들러야 했다. 묵인들의 투명한 몸도 식량을 섭취해야 유지된다는 사실은 당연하면서도 놀라웠다.

"마트에서 샐러드랑 회, 왕만두 사 왔고, 요 앞 치킨집에서 치킨 포장했어요. 치킨은 지금 먹어요."

"지난번에 포장해 온 게 맛있었는데."

"보쌈이요? 그건 음식물 쓰레기 많이 나와서 힘들어요."

묵인들은 한 번에 많은 음식을 먹었는데, 한 번 식사를 한 뒤에는 40시간 이상 안 먹고 버틴다고 했다. 기회가 있을 때 잔뜩 저장해 두는 식습관은 묵인들이 살아온 환경과 관련 있는 것 같았다. 나는 식사하는 사사녀를 등진 채 앉아 기영의 핸드폰을 봤다. 핸드폰에 있는 기록들은 정말로 단출했다. 문자 내역에는 물건을 결제하거나 대출 상담에 관련된 것들이 전부였고, 개인적으로 주고받은 메시지는 없었다. 통화 내역의 전화번호들도 검색해 보니 죄다 대부업체뿐이었다. 큰돈을 치러 복구해 낸 것치고는 기영의 핸드폰에서 얻어낼 정보가 많지 않았다. 얼마나 꼼꼼한 성격이었는지 검색어 기록도, 방문한 페이지도 남아 있지 않았다. 허탈감이 밀려왔다. 내 딴에 머리를 짜내봤지만 시작부터 막혀버렸다. 늘 겪어온 패턴이라 새삼스러울 것도 없었다. 나는 기영의 핸드폰을 내팽개치고 의자 등받이에 상체를 파묻었다.

"기영이가 돈이 부족하다고 했나요?"

"늘 부족한 게 돈 아닌가? 그래서 내가 현금을 훔쳐다 줘도 채기영은 거절했어. 묵인들로부터 아무 이득도 취하지 않으려고 했다. 너랑은 다르게."

사사녀의 말에 나는 갑자기 부끄러워졌다. 숙소를 옮기며 사사녀를 대피시키고 식량을 가져다주는 것만 해도 큰돈이 깨졌다. 아마 기영의 성격상 그 돈 때문에 남에게 피해를 끼치려 하지도 않았을 것이다.

"너까지 채기영처럼 굴 필요는 없다. 돈은 내가 구해줄 테니까 받아."

"알았어요. 대신 여유 있어 보이는 사람들 돈만 털어요. 티 나지 않게."

"받는 입장이면서 가리긴."

"그쪽도 입맛 까다롭긴 마찬가지잖아요. 치킨을 사다 줘도 보쌈 타령이라니."

나는 근처의 포장 음식점들을 검색해 볼 요량으로 기영의 핸드폰을 다시 들었다. 의미 없이 식당 리뷰들을 들여다보던 중 무언가 눈에 띄었다. 인터넷 앱 화면의 우측 상단을 보니 아이디가 로그인되어 있었다. 나는 그 아이디를 타고 개인 메일 내역까지 들어갔다. 기영이 본인의 아이디로 자동 로그인되도록 설정해 두었던 것이다. 지나칠 수도 있었던 의외의 발견이었다. 배터리가 떨어져 가는 내 핸드폰 대신 기영의 폰으로 인터넷을 쓴 덕분이었다. 받은 메일함에는 죄다 쓸데없는 홍보용 단체 메일뿐이었다. 하지만 한 사람의 실체를 보려면 받은 메일함이 아니라 보낸 메일함을 봐야 한다는 것을 나는 알고 있었다. 기영이 보낸 메일 리스트로 이동했다. 긴급 자금 대출을 알아보기 위해 이리저리 보낸 상담 메일들을 넘기던 도중 단연 눈에 띄는 메일 제목을 발견했다.

'입사 지원서 / 수신인: 아람 목재.'

나는 떨리는 손으로 액정을 터치해 메일 내용을 불러냈다.

연기를 시작하기 전, 한동안 구직자 신분으로 살았던 기간이 있다. 당시에는 입사 지원서를 안 써본 회사가 없을 정도로 필사적이었기 때문에 대충 시장 돌아가는 분위기는 알게 됐다. 그런 관점에서 볼 때 기영의 입사 지원 메일에는 이상한 점이 한두 가지가 아니었다. 회사 홈페이지나 구직 플랫폼을 통하지 않고 개인 계정을 통해 입사 지원을 하는 경우라니. 잠깐 발을 넣었던 나도 아는 걸 기영이 몰랐을 리 없었다. 서울대생들은 원래 이렇게 직장을 구하는 건가? 목재학과만의 독특한 입사 루트가 있는 걸까? 메일을 들여다보니 궁금증들은 더 증폭되었다.

메일에는 입사 지원서 한글 파일이 첨부되어 있을 뿐, 귀사에 입사 지원을 하게 되어 영광이라거나 일하게 되면 잘할 자신이 있다거나 하는 평범한 인사말조차 적혀 있지 않았다. 첨부되어 있는 기영의 입사 지원서도 간단하기 그지없었다. 신상명세와 출신 학교, 전공, 학점, 그리고 가족관계가 끝. 그 흔한 자기소개서나 지원 동기 같은 것도 없었다. 대체 어떤 회사인지 궁금증이 일어 검색창에 아람 목재를 검색해 봤다. 결과는 더욱 미심쩍었다. 검색되는 내용이 단 한 건밖에 없었다. 그 한 건의 검색 결과도 산업통상자원부의 산하 포털에 등록된 사업자 신고 내역뿐이었다. 마치 세상에 존재하지만 어떤 활동도 해온 적 없는 유령 회사처럼. 골목길에서 노점상만 해도 인터넷에 노출되는 세상에서 이런 식으로 흔적 없이 사업을 하는 것은 불가능에 가까웠다. 나는 뒤를 돌아 식사 중인 사사녀를 바라봤다. 음식을 가득 차려놓았던 테이블은 어느새 텅 비어 있었다.

"아람 목재라는 이름 들어봤어요?"

"처음 들어봤다. 왜 묻지?"

"기영이가 그 회사에서 일했던 것 같아요. 아실지 모르겠지만 기영이 전공이 목재학과였거든요. 정확히 뭐 하는 회사인지는 몰라도."

"목재……. 채기영한테 소나무 냄새가 났다."

"요상하게 로맨틱하네. 그런 냄새도 알아요?"

"내가 살던 군부대에서 본 유일한 나무였다."

사사녀도 아람 목재에 대해선 아는 바가 없는 것 같았다. 다만 아람 목재의 유일한 검색 결과를 통해 얻게 된 정보가 있었다. 회사의 사업장 소재지가 서울이었다.

'서울특별시 중구 충무로1가 회계로 97. 금동빌딩 405호.'

30분만 시간을 들이면 지하철로 충분히 찾아가 볼 수 있는 곳이다. 알아낸 것은 주소밖에 없으니 이곳을 찾아가 보기로 결정했다. 전혀 몰랐던 단서를 발견해 나가는 일은 묘한 성취감과 함께 내가 탐정물 속 주인공이 된 것 같은 흥분도 줬다. 물 위에 솟은 돌을 일단 밟고 나니 다음 밟을 돌들이 보이며 하나의 징검다리를 이루는 느낌이었다.

"이틀 뒤에 식량 가지고 올게요. 그사이에 이 회사에 다녀올 거예요. 몸조심해요."

나는 반응 없는 사사녀를 남겨두고 방을 나왔다. 사사녀는 필요한 말 이외에는 대답하는 법이 없었다. 그래서 '안녕하세요.'나 '잘 있어요.' 같은 흔한 인사말도 나눠본 적 없었다. 당연하게도 그녀는 '고맙다.' 혹은 '미안하다.'는 말도 하지 않았다. 말이 통하는 묵인들을 나와 비슷한 존재처럼 느끼다가도 그럴 때면 너무나 멀게 느껴졌다. 묵인들에게 이득을 얻으려고 하지도 않았다는 기영은 이런 매정한 존재들이 뭐가 좋다고 구하려 했는지 알다가도 모를 일이었다.

다음 날 나는 금동빌딩이라는 곳으로 향했다. 외벽이 노란 건물은 번화가 한복판에 위치했음에도 불구하고 낡고 삭막한 기운을 내뿜었다. 1층 입구는 계단으로 올라가게 되어 있었고, 그 옆에는 지하로 내려가는 차량 입구가 있었다. 주차장 입구와 정문 모두 '철거 예정'이라고 적힌 천막으로 둘러쳐져 있어 들어갈 엄두가 나지 않았다. 하지만 가까이 가 보니 천막은 일본식 선술집 입구의 가림막처럼 너풀거리는 장식에 지나지 않았다. 나는 천막을 살짝 옆으로 들추고 손쉽게 정문으로 들어갈 수 있었다.

입구 앞에 있는 우편함은 텅 비어 있었고, 입주한 회사의 상호도 전혀 적혀 있지 않았다. 건물은 마치 처음 지어진 뒤 수십

년간 한 번도 쓰인 적이 없는 것 같았다. 복도는 대낮임에도 어두웠고, 불투명 유리창으로 들어온 빛이 도색된 시멘트 바닥을 반사해 온통 누런 세피아 톤이었다. 영화의 과거 회상 장면 속에 들어와 있는 사람처럼 나는 멍한 기분으로 계단을 올랐다. 2층과 3층은 계단 입구부터 철창문으로 막혀 있었고, 그 안쪽은 벽이 모두 허물어져 있어 휑한 강당 같은 모습이었다.

드디어 도착한 4층은 다행히 철거가 진행되지 않은 상태였다. 복도는 외벽을 따라 정사각형 모양이었고, 그 안쪽에는 사무실들이 차례대로 있었다. 어느 구석에도 인기척은 없었다. 이 건물에 사람은커녕 쥐새끼 한 마리 있을 것 같지 않았다. 405호라는 장소만 확인하고 가자는 생각으로 나는 발길을 재촉했다. 복도를 시계 방향으로 돌며 사무실 호수를 확인했다. 401호, 402호, 403호를 지난 뒤 우측으로 꺾자 엉뚱하게도 406호, 409호가 있었다. 다시 우측으로 꺾자 408호, 407호. 그리고 마지막으로 우측으로 돌아 404호를 지나 출발 지점으로 돌아왔다. 시계 방향으로도 반시계 방향으로도 순서에 맞지 않는, 도무지 이해할 수 없는 배열이었다. 게다가 405호는 존재하지도 않았다.

출발 지점인 계단 앞에 서서 멍하니 생각하던 중 떠오르는 것이 있었다. 핸드폰의 숫자 패드. 이 건물을 하늘에서 내려다보면 사무실 호수는 숫자 패드처럼 배열되어 있었다. 그렇다면

405호의 위치도 예측할 수 있다. 여덟 개의 사무실 방들에 둘러싸여 있어서 복도에선 보이지 않는 형태일 것이다. 나는 401호부터 문을 열어 안쪽을 봤다. 집기류 하나 없이 텅 빈 사무실들은 복도로 불투명 창이 나 있고, 너머에 405호가 있으리라 추측되는 벽면에 또 다른 불투명 창이 나 있었다. 나는 발길을 서둘렀다. 이 건물의 구조 자체가 405호에 비밀을 숨기고 있는 것처럼 기묘했다. 하지만 모든 사무실 문을 열어본 결과 405호로 통하는 쪽문 따위 없었다. 아람 목재의 주소지로 등록되어 있는 405호는 분명 평범하지 않은 방법을 써야 들어갈 수 있는 곳이었다. 나는 다시 계단을 올라 5층, 옥상까지 가봤다. 하지만 옥상에도 황량한 시멘트 바닥만이 펼쳐져 있을 뿐 405호로 내려가는 계단은 없었다. 벽이 모두 허물어진 3층에도 올라가는 길이 없는 것은 당연했다. 말하자면 405호는 사방이 가로막혀 있을 뿐 아니라 위아래로도 막혀 있는, 허공에 뜬 밀폐 상자 같은 곳이라는 얘기였다.

점점 오싹해지기 시작했다. 다시 4층으로 내려와 벽들을 살펴보니 누렇게 뜬 좌우의 벽과는 색깔이 다른, 비교적 최근에 시멘트를 바른 것 같은 흰 벽이 눈에 띄었다. 401호와 404호 사이, 꺾어지는 모서리 지점에 위치한 긴 벽면이었다. 405호로 통하는 문이 있을 만한 자리였다. 하지만 그 자리를 두꺼운 시멘트로 막아놔서, 아무리 두드려도 소리가 울리지 않았다. 이런 공사까지 하면서 405호를 막아놓을 필요가 있었던 것일까? 저 안에 대체 뭐가 있었기에?

나는 402호 사무실로 들어가 안쪽 불투명 유리창에 얼굴을 댔다. 헛수고였다. 유리창 너머 단 1센티미터 앞도 보이지 않았다. 아무리 틈새를 찾아보려고 해도 안쪽을 볼 방법은 없었다. 그때였다. 갑자기 핸드폰 진동음이 울렸다. 바지를 더듬거리며 핸드폰을 꺼냈지만 아무 알림도 떠 있지 않았다. 잠시 당황했지만 이내 뒷주머니에 넣어 온 기영의 핸드폰에서 나는 소리임을 알 수 있었다. 기영의 핸드폰을 꺼내 확인해 보니 쓸데없는 홍보성 메일이 도착했다는 알림 창이 떠 있었다. 핸드폰을 다시 주머니에 넣으려다 문득 이상한 기분이 들었다. 이미 서비스가 해지되어 있는 기영의 핸드폰에서 어떻게 메일 수신이 가능하지? 다시 화면을 켜서 보니 기영의 핸드폰은 와이파이가 연결되어 있는 상태였다. 와이파이의 이름은 '405'. 가슴이 쿵쾅거리며 뛰었다. 405호는 실체가 없는 유령 사무실이 아니었다. 기영은 이 공간에 와서 와이파이로 인터넷을 이용한 적이 있으며, 그 비밀번호가 저장되어 있어서 이번에도 자동으로 와이파이를 연결한 것이었다. 그리고 와이파이 기기는 지금 이 시각에도 벽 너머에서 돌아가고 있다는 뜻이었다. 기영의 핸드폰을 내려놓고 다시 앞을 봤을 때 나는 기절할 정도로 놀랐다. 405호를 향해 난 불투명 유리창에 사람의 형상이 보였다. 저 너머에 지금 사람이 서 있었다. 어깨가 넓고 덩치가 큰 그림자는 부동자세로 서서 한참 동안 이쪽을 보는 것 같았다. 기영의 핸드폰 진동음을 들은 것일까? 나는 긴장감에 숨 쉬는 것도 잊은 채 몸을 재빨리 낮춰 바닥에 털썩 주저앉았다. 이봐, 당신 405호에 어떻게 들어가 있는 거지? 그의 정체를 알 수는 없지만 왠지 절대 들켜선 안 된다는 직감이 들었다. 그때 하필 기영의 핸드폰이 연달아 진동음을 내기 시작했다. 빌어먹을 광고 메일. 나는 소리가 새어 나가지 않게 하려고 두 손에 잔뜩 힘을 주고 핸드폰을 꽉 쥐었다. 간신히 무음 모드로 바꾸고 위를 올려다보자 유리창 너머 사람의 형상은 사라져 있었다. 나는 최대한 소리를 죽이고 몸을 낮춰 계단까지 포복으로 기어 나왔다. 정보를 캐내러 왔으니 창을 사이에 두고 말이라도 걸었어야 했나?

"투명인간을 숨겨주고 한 명 죽이기까지 한 내 죽은 친구가 이 회사에서 일했던 것 같은데, 묵인들을 알고 있나요?"

머릿속에서 어떻게 문장을 만들어도 말이 되지 않았다. 또 상대방이 이 말을 알아듣는다 해도 이로운 정보를 전해줄 리 없어 보였다. 내 본능이 최대한 그곳에서 멀리 도망치라고 말하고 있었다.

건물을 나와 도심의 인파에 섞이자 다른 차원으로 잠시 모험을 떠났다가 돌아온 느낌마저 들었다. 이곳에 와서 딱 하나 깨달은 사실은 아람 목재라는 회사가 비밀을 숨기고 있다는 것이었다.

"기영이가 다니던 회사를 찾아서 금동빌딩이라는 곳까지 갔는데 허탕이었어요. 엄청 의심스러운 회사긴 했는데 입구를 몰라서 들어가 보지도 못했다니깐요. 다른 사무실들은 텅 비어 있었고, 405호를 에워싸듯이 방들이 있는데 정작 그 사무실만 문이 없었어요."

다음 날, 밥을 먹고 있는 사사녀 앞에서 신세 한탄을 하듯 말했다. 사사녀는 묵묵히 피자 두 판과 까르보나라 파스타 한 접시를 먹어치우고 있었다. 내가 음식을 싸들고 왔을 때 호텔 방 테이블에는 사사녀가 가져다 놓은 것으로 보이는 수십만 원 상당의 지폐가 놓여 있었다. 훔치려면 티 나지 않게 하라는 내 말을 들어줘서인지 귀금속류도 없었고 액수도 줄어 있었다. 나는 짐짓 모른 척 그녀가 훔쳐다 놓은 현금을 가방에 챙겼다. 도둑질한 돈이라는 게 불편하긴 했지만 쫓기고 배고픈 자에게 쓰는 식비라고 생각하면 죄책감이 줄었다.

"그게 채기영 회사인지는 어떻게 알았지? 지원서만 내고 안 다녔을 수도 있는데."

"그야…… 사무실 앞에서 와이파이가 저절로 연결됐으니까요. 그건 그 장소에 직접 갔었다는 얘기잖아요."

"그럼 마찬가지로 채기영이 갔던 곳을 더 찾아낼 수 있겠네."

"네? 어떻게……?"

갑자기 손등에 뭔가가 닿는 느낌이 나더니 핸드폰이 공중에 떠올랐다. 사사녀가 내 손에서 기영의 핸드폰을 채 간 것이다. 화면이 저절로 조작되며 저장된 와이파이 목록을 보는 화면으로 넘어갔다. 목록에는 서울대학교, 여러 카페들, 버스의 이동식 와이파이들이 보였다. 나는 뒤늦게 깨달았다. 그 접속 기록들은 기영이 이 핸드폰을 들고 움직인 동선을 보여주는 단서였다.

"이, 이렇게 알아낼 수도 있네요. 눈앞에 두고도 몰랐네."

"여기가 의심스럽지 않나?"

나는 멈춰 있는 화면에서 눈에 띄는 이름을 찾아냈다. '군포 화물 전용 주차장'이라는 이름의 와이파이였다. 그 갑작스러운 발견으로 흩어져 있던 의미 없는 정보들이 한곳으로 모이는 것을 느꼈다. 기영이 군부대에서 묵인들을 이송하는 차를 몰았다는 사사녀의 얘기. 기영이 화물차를 몬다고 속닥대던 지훈 패거리의 뒷담화. 어쩌면 기영이 운전했던 화물차가 이곳에 있을지도 모를 일이었다.

"기, 기영이가 운전하던 차가 화물 트럭이었나요?"

"나는 모른다. 이동할 땐 아무것도 못 보고 못 듣게 검은 헬멧을 썼으니까."

"그럼 촉감은? 촉감도 기억나는 게 없어요?"

"바닥이 울퉁불퉁하고 차가웠다. 군용 트럭 바닥처럼."

퍼즐 조각들이 하나로 짜 맞춰질 때의 짜릿한 쾌감이 들었다. 나는 지체 없이 화물 전용 주차장으로 전화를 걸었다. 성미 급해 보이는 중년 여자의 목소리가 들려왔다.

"혹시 아람 목재에서 맡긴 트럭이 있을까요?"

"회사가 한둘이에요? 이름이 뭔데요?"

"채……채기영입니다."

"잠깐만 보자……. 본인이에요?"

"네, 접니다."

"아니 요금 열흘치만 내놓고 한 달을 잠수 타는 경우가 어디 있어? 이거 폐차하려다 말았어요. 와서 당장 안 찾아가면 고발할 줄 알아요!"

예상은 적중했다. 여자는 화를 냈지만 나는 기영의 차를 찾았다는 기쁨에 기분이 들떴다. 이곳에 찾아가기만 하면 기영이 죽기 전까지 탔던 차를 확인해 볼 수 있다. 차를 뒤져보면 묵인들이 억류당한 장소를 알아낼 수 있을지도 모른다는 희망이 생겼다.

전화를 끊고 돌아보니 사사녀는 어느새 식사를 끝낸 상태였다.

"확인했는데 기영이가 맡긴 차가 있대요. 사사녀 씨 덕분이에요."

공중에 떠 있던 플라스틱 포크가 그대로 둥둥 떠서 내게 다가오는 것이 보였다.

"아, 포크는 거기 놔두세요. 제가 가면서 치울게요."

"이제 넌 위험해질 수도 있다. 묵인과 싸우는 법을 알려줄게.

배울 생각이 있나?"

"싸, 싸움이요? 보이지도 않는데 어떻게 싸워요?"

"이 포크를 잡아봐."

내가 허공에 뜬 포크를 향해 손을 내민 순간, 손이 튕겨 나갔고 사사녀의 몸통이 순식간에 복부를 파고드는 느낌이 들었다. 움찔하며 고개를 숙여 보니 플라스틱 포크 끝이 명치를 향했다. 사사녀의 한 손은 내 허리를 안고 있었다.

"묵인이 널 잡는 게 느껴지면 팔 아래로 파고들어서 몸통을 잡아. 네 번째 단추 위치가 묵인들의 급소다. 너희들 명치보다 1센티 아래. 손가락을 굽혀서 거길 몇 번이고 찔러."

"이, 이걸 갑자기 할 수 있을 리가 없잖아요. 난 중딩 때부터 몸치였는데."

"죽을 위기가 오면 하게 돼. 너 무사히 다녀오라고 알려주는 거다."

사사녀에게서 나를 걱정하는 말을 들은 건 그때가 처음이었다.

추적을 어렵게 하기 위해 의도한 것인지, 기영은 자신의 집이나 회사와 한참 떨어진 장소에 트럭을 맡겼다. 시내버스에서 마을버스로 갈아타고 한참 들어가야 있는 외진 곳에 화물 트럭 전용 차고지가 있었다. 나는 관리 사무실에 들어가자마자 빳빳한 새 지폐로 뽑아 온 주차 요금을 내밀었다. 한마디 하려던 여자 관리인은 현금을 보자 태도가 조금 누그러졌다.

"미리 연락을 했으면 이렇게 속 태우면서 안 기다렸잖아요. 근데 뭐 좋은 일 있었나 봐? 인상이 좀 폈네."

관리인은 지독히도 사람 얼굴을 분간 못 하는지 나를 기영으로 착각하고 있었다. 나는 긍정도 부정도 안 하고 관리인이 건네주는 키를 받았다.

문제는 주차장에 즐비한 화물 트럭 중 기영의 차를 찾는 것이었다. 다행히 차 키가 새로 뽑은 스마트 키여서, 차 사이를 돌아다니며 버튼을 눌러 확인했다. 구석에 있던 낡은 화물차에서 삐빅 소리가 들렸다. 몸체는 하얀색에, 작은 나무는 통째로 실을 수 있을 것 같은 사이즈의 5톤 화물차였다. 특이하게 짐칸 사방이 막힌 탑차로 개조되어 있었다. 나무를 싣기보다는 확실히 사람을 운반하기에 더 적합해 보였다. 운전석에 올라타 차를 살폈다. 운전석에 앉는 순간부터 은은한 솔잎 향이 코를 자극했다. 기영에게서 소나무 냄새를 맡았다는 사사녀의 말이 이해가 됐다. 차를 뒤질 것도 없이 조수석 의자 위에 짐칸 열쇠가 굴러다니고 있었다. 먼저 짐칸을 살펴보았다. 자물쇠를 풀고 탑차 안에 들어서서 핸드폰 조명으로 사방을 비췄다. 하지만 역시 소나무 냄새만 날 뿐 물건 하나 없었다. 사사녀는 이곳을 통해 이동했을까?

"이봐요? 혹시 누구 있는 거 아니죠?"

소리쳐 봤지만 대답은 돌아오지 않았다. 사사녀를 만난 이후로 보이지 않는 곳에도 뭔가 있다는 생각을 늘 민감하게 하게되었다. 하지만 설령 이곳에 또 다른 묵인이 있었다고 해도 차를 방치한 한 달 사이에 굶어 죽었을 게 분명했다.

별다른 소득을 얻지 못한 채 운전석으로 돌아왔다. 기영의 뒤를 쫓으며 느낀 것은 그가 결벽증에 가까울 정도로 흔적을 남기지 않는다는 것이었다. 룸 미러에 십자가나 염주를 걸거나 원하는 향의 차량 방향제라도 사다 놓았을 법한데, 차에는 기영이란 사람을 읽을 만한 것이 아무것도 없었다. 조수석 앞의 글러브박스에도 달랑 주유소 티슈 하나만 있었다. 덜컥 걱정이 됐다. 겨우 더듬더듬해서 기영의 화물차까지 찾아냈지만 여기서 정보가 막힐까 불안했다. 화물차에 시동을 걸었다. 만약 이곳에서 1미터라도 운전을 하면 대형 면허가 없는 내겐 불법행위였다. 이렇게 큰 차량은 운전할 자신도 없었고, 세워놓을 장소를 찾는 것은 더더욱 무리였다. 그때 내비게이션이 눈에 들어왔다. 충전단자에 연결된 전선이 잘못된 것인지, 차 시동을 걸어도 내비게이션은 켜지지 않았다. 하지만 내비게이션은 이 차에서 쓸 만한 정보를 얻을 수 있는 유일한 물건임이 분명했다. 나는 시동을 끄고 차량 내비게이션만 떼어냈다. 화물 주차장 관리인에게는 미안한 일이지만, 기영의 차는 한동안 이곳에 맡겨둘 도리밖에 없었다. 나는 야반도주하듯 내비게이션 하나를 안고 그 장소를 뛰어나왔다.

집에 돌아와 컴퓨터에 연결하고 나서야 비로소 내비게이션에 저장된 정보들을 볼 수 있었다. 내비게이션에 등록된 지점은 딱 하나였다. 강원도 산 중턱의 외딴 곳. 뭐 하는 곳인지 상호도 정확히 나오지 않았다. 하지만 내가 다음으로 해야 할 일은 뚜렷해졌다. 빌려 온 동생의 차에 내비게이션을 부착한 뒤 그 위치 그대로 가보는 것이었다.

다음 날 오전엔 마트와 음식점에 들러 사사녀가 먹을 음식을 쇼핑했다. 사사녀의 도주를 도와주면서 국물 있는 음식은 밀폐 공간에서 최악이라는 사실을 깨달았다. 먹고 남은 국물을 방 안에 두자니 냄새가 났고, 변기에 흘려 보내자니 막힐까 걱정이 됐다. 뼈가 있는 음식도 마찬가지였다. 그래서 늘 최적의 선택은 만두나 찐빵이었다. 왜 영화 속에서 감금당한 사람한테 만두만 줬는지 알 수 있는 대목이었다. 그날은 고기만두 3인분과 햄버거 세 개, 감자튀김 세 개, 커피와 음료 다섯 병을 사서 사사녀가 묵고 있는 호텔에 들렀다. 먹고 나면 깔끔하게 치울 수 있는 음식들이었다.

"화물 차고지에서 기영이 차를 찾았어요. 오늘은 그 차 내비게이션에 등록된 장소로 가볼 거예요."

사사녀는 대답이 없었다. 보이지 않는 존재기 때문에 대답조차 없으면 나는 그녀가 방 안에 있는지 없는지 전혀 알 수 없었다. 자고 있는 걸까? 묵인들은 잠도 한 번에 몰아서 자는 걸까? 그녀는 인간처럼 침대에 누워서 잘까? 궁금했지만 물어볼 여유는 없었다.

호텔 방 테이블에 음식을 놔두고 서둘러 돌아 나와 주차해 놓은 차에 시동을 걸었다. 새로 산 전원 단자를 연결해 내비게이션을 켜고 등록 지점인 강원도 산 중턱을 도착 지점으로 설정했다. 해가 지기 전에는 목적지에 도착하고 싶었다.

시내를 빠져나가는 데 시간이 꽤 걸렸지만 강원도에는 빨리 도착했다. 그런데 기묘하게 내비게이션 목적지에 거의 다 왔는데도 정확한 장소를 찾을 수 없었다.

은돌 저목장 5킬로미터.

같은 표지판을 세 번째 지나고 나서야 뭔가가 잘못되었다는 것을 느꼈다. 산골짜기의 외딴 도로를 계속해서 돌고 있었다. 내비게이션의 도착 예정 시간은 5분과 3분 사이를 반복했다. 차량의 속도를 줄이고 길가를 유심히 관찰하니 좁고 가파른 산길이 보였다. 작업용 특수 차량이 아니면 절대 들어가지 않을 것 같은 길이었다. 혹시나 하는 마음에 차를 돌려 그 길로 들어섰다. 포장된 도로가 사라지고 좌우에 나무와 비탈만 보이는 산속

임도로 이어졌다. 그제야 도착 예정 시간이 3분에서 2분으로 줄어들었다. 이 외진 길이 나를 어디로 인도하는지, 알 수 없는 두려움에 왠지 등골이 서늘해졌다. 3분의 오르막 뒤에 2분의 가파른 내리막을 지나자 예상 밖에 평지가 나왔다. 가장자리를 따라 철조망까지 쳐진 흰 벽이 펼쳐져 있었고 두꺼운 철문으로 된 입구에 '은돌 저목장'이라는 현판이 붙어 있었다. 사방이 산과 나무로 둘러싸여 있어 이 도로를 거치지 않으면 어느 위치에서도 존재를 알 수 없을 기묘한 건축물이었다. 저목장이라는 것이 나무를 저장하는 장소라는 것은 대충 알 수 있었지만 그런 공간에 내가 오게 될 거라고는 상상한 적도 없었다. 목재학이라는 기영의 전공, 아람 목재라는 회사, 소나무 냄새가 나는 트럭. 저목장은 기영과 연관이 깊은 장소임이 틀림없었다.

문 앞에 차를 세운 뒤 저목장 가까이 다가가 정문을 손으로 살짝 밀어봤다. 예상 외로 문은 잠겨 있지 않았다. 문 안쪽은 이상한 기운을 풍겼다. 분명 대낮인데도 이곳만은 컴컴한 밤인 것 같은 불길한 기분. 학교 운동장 정도 되는 공간에 슬레이트로 된 가건물이 띄엄띄엄 세워져 있었다. 가건물들은 창고로 이용하는지 한쪽 벽면이 뚫려 있었고, 그 안에 각기 다른 공정을 거친 목재들이 쌓여 있었다. 잎이 고스란히 붙은 나무들, 잔가지들을 쳐내고 큼직한 가지들만 남은 나무들, 곧은 통나무 몸체만 남은 나무까지 종류별로 있었다. 나는 천천히 발길을 옮기며 안쪽으로 들어섰다. 세 개의 슬레이트 창고를 지나고 나서야 소름 돋는 사실을 깨달았다. 멀리서 보기엔 멀쩡한 나무들은 모두 끔찍할 정도로 방치된 상태였다. 줄기는 습기가 차서 곰팡이와 이끼가 잔뜩 끼어 있었고, 그 위로 난생 처음 보는 온갖 벌레들이 꾸물대며 기어 다녔다. 실로 기분 나쁜 광경이었다. 어느 목재 회사가 나무를 이렇게 될 때까지 방치한단 말인가.

저목장 안쪽에는 컨테이너로 만든 가건물이 덩그러니 있었다. 쇠창살이 설치된 창문과 출입문을 봤을 때 이곳의 관리 사무실인 것 같았다. 가까이 다가가 보니 역시 오랜 시간 방치된 느낌이 났다. 열린 창 안쪽으로 2층 침대들이 줄 맞춰 쭉 놓여 있었다. 한때는 숙소나 기사들의 휴식 공간으로 썼을지는 몰라도 어쨌든 지금은 버려진 게 틀림없었다. 문을 열어보려 했지만 이상하게 그 컨테이너만은 굳게 잠겨 있었다. 열고 들어간다 한들 쓸 만한 게 있을 것 같지는 않아 금방 단념했다. 넓지 않은 저목장을 탐사하는 일은 그걸로 끝이었다. 황량하기만 하고 중요한 정보가 담긴 서류나 기기는 눈을 씻고 찾아봐도 없었다.

몇 개의 빈 창고들을 둘러보고 난 뒤 구석의 저목장 벽을 등지고 서서 잠시 생각에 빠졌다. 중요한 질문이 그제야 떠올랐다. '나는 이곳에 뭘 하러 왔는가?'라는 질문. 사사녀는 자신과 같은 묵인 동족들이 어딘가에 갇혀 있고, 그 장소는 기영만 안다고 했다. 그리고 여기는 기영이 아람 목재의 차량으로 드나드는 장소였다. 그렇다면 이 저목장 자체가 그들을 가두는 곳이었을까? 묵인들은 눈에 보이지 않으니 내게 말을 걸어 알려주지 않는 이상 나로선 알아챌 방법이 없었다. 그렇게 생각한 순간 나는 예상치 못한 방식으로 그 정답을 알게 되었다. 갑자기 바람을 가르는 소리와 함께 내 고개가 젖혀졌고, 얼굴을 맞은 듯 통증이 전해졌다. 누군가 나를 때렸다. 보이지 않는 존재가.

"자, 잠깐만!"

스쳐 간 직감이 맞았다. 이곳에는 묵인이 있고 놈이 나를 공격했다. 나는 내 상황을 설명하고 싶었지만 그럴 틈도 주지 않고 공격은 계속되었다. 묵인은 그를 막으려 올린 내 팔목을 잡아 관절을 꺾었고, 동시에 무릎 뒤쪽을 걸어차 땅에 주저앉혔다. 팔과 다리를 봉하고는 뒤에서 목을 졸랐다. 사사녀가 그랬듯 정신을 차릴 틈도 없는 콤비네이션 공격이었다. 나는 몸부림치며 투명한 팔을 손톱으로 쥐어뜯었다. 묵인의 팔이 느슨해진 틈에 내가 적대자가 아니라는 사실을 설명해야 했다.

"묵인! 사사녀! 사사녀가 도와달랬어!"

내 말을 이해한 것인지 묵인은 팔을 풀었다. 하지만 언제든 공격할 수 있다는 듯 여전히 한 손으로는 내 목울대를 만지고 있었다. 차갑고 딱딱한 묵인의 손끝 촉감 때문에 기분이 꺼림칙해졌다. 곧이어 남자인지 여자인지 알 수 없는 기괴한 목소리가 들려왔다. 사사녀와 같은 종이라는 것은 알겠지만 확연히 다른 목소리였다.

"이름이 뭐냐? 목적은?"

"난 홍한수고, 사사녀의 도피를 돕고 있어요. 사사녀가 나한테 부탁했다고요. 내 친구 채기영이 묵인들을 구하려 했는데, 그걸 이어서 도와달라고."

"목숨 걸고 진실이냐? 거짓이면 바로 널 죽일 수도 있어."

나는 핸드폰을 꺼내 기영과의 대화 목록을 펼쳐서 내밀었다. 투명인간을 죽였다는 기영의 메시지가 오해를 살까 봐 순간적으로 아차 싶긴 했지만 묵인은 납득하는 듯했다. 아마 그도 기영과 소통을 했던 인물인 것 같았다.

"내가 우려하는 쪽은 아닌 것 같군."

"내가 이 일 아니면 으스스한 산골까지 왜 왔겠어요! 그리고 당신들은 왜 다짜고짜 주먹질부터 하고 얘기를 시작하는 건데!"

말이 통할 것 같은 상대여서인지 두려움은 잦아들고 짜증이 치밀었다. 내가 벌컥 화를 내자 묵인은 내 목을 쥐고 있던 손을 떼었다.

"배운 게 이것밖에 없어서 그랬다."

"그 싸움 실력이면 어지간한 사람은 이길 텐데 내가 어떻게 구해줘야 하는 거죠? 그리고 여긴 감시하는 사람 하나 없잖아요."

"여긴 감옥이야. 아까 네가 본 집이 묵인들이 감금당한 곳이야."

"집이라니, 어디가요?"

"컨테이너 집 말이야."

"그 컨테이너에? 몇 명이 갇혀 있는데요?"

"마흔 명."

묵인의 말을 듣는 순간 등골이 오싹해졌다. 컨테이너라면 2층 침대 세 개가 일렬로 놓여 있던 그곳 말인가? 낡고 텅 비어 있어 오래전에 버려진 숙소처럼 보이던 그곳에 사실은 마흔 명의 묵인이 갇힌 채 나를 보고 있었다니.

"말도 안 돼. 저 좁은 공간에 어떻게 마흔 명."

"이곳은 지금 버려진 상태나 마찬가지로 방치 중이야. 저 안에 백 킬로그램의 개 사료와 간이 화장실 하나가 딸려 있지. 가끔 관리인이 들를 뿐이야. 그렇게만 해도 충분히 통제가 되니까."

"아람 목재 짓이에요?"

"용케 거기까지 알아냈군."

"내가 알아낸 건 아니에요. 기영이가 알아낸 거지. 근데 당신은 컨테이너에 안 갇히고 여기에 있는데 어떻게 된 거예요?"

"내가 체득한 기술 덕분에 얇은 철창 사이로는 나올 수 있어. 하지만 저목장 밖으로 나가는 건 나한테도 무리야."

"왜요? 여기 CCTV라도 있나요?"

"놈들이 우리 몸에 심어둔 나노 센서가 있어. 저 철조망을 넘어가는 순간 그게 미량의 독극물을 분비해서 우릴 죽이게 돼 있어."

"그럼 어차피 철조망도 못 넘을 텐데 왜 컨테이너에 가둬두는 건데요?"

"그래야 자신들을 인간이 아니라 가축이라고 생각할 테니까. 묵인들 중에 자기 종족을 객관적으로 인식하는 이는 드물어. 내가 아는 정보를 전달하지도 않아왔어. 여기서 지식은 명을 단축할 뿐이거든."

순간적으로 말문이 막히고 구토가 나올 것 같았다. 마흔 명이나 되는 묵인이 컨테이너에서, 개 사료를 먹고 변기 하나를 공유하며 감금되어 있다니. 그 모습을 인간에 대입하면 얼마나 끔찍해 보일지 상상조차 할 수 없었다. 인간이 가축에게나 할 만한 짓이었다. 최악의 수용소가 이곳에 버젓이 설치되어 있음에도 그들이 눈에 보이지 않기 때문에 아무도 문제 제기를 하지 못하는 상황이었다. 기영이 왜 이들을 구하기 위해 나섰는지 알 것 같았다.

"내가 당신들을 도울 수 있는 겁니까?"

"여기까지 찾아온 것만으로도 넌 자질이 있어. 우리는 반드시 은혜를 갚을 거다. 네 보이지 않는 손이 돼줄 거야."

"알겠어요. 근데 구체적인 얘기 전에…… 그쪽 이름이 뭐예요?"

"난 십사남이다. 이곳에서 가장 연장자고 가장 많은 걸 봐왔어."

십사남이라는 묵인의 이름을 듣고서야 나는 사사녀의 이름이 무엇을 뜻하는지 알 수 있었다. 그들에게 이름은 숫자와 성별을 붙여놓은 것에 지나지 않았다.

"사사녀, 십사남……. 번호랑 성별인가요?"

"그들이 우리를 발견한 순서, 더 정확하게는 포획한 순서. 뒤 번호 아이들은 강제 교배로 태어났으니 태어난 순서라고 하는 게 맞겠지."

"포획? 강제 교배? 대체 무슨 일이 벌어진 거예요?"

결정적인 대답을 앞두고 십사남은 대답이 없었다. 대신 그에 게서 모래 밟는 소리가 났다. 자세히 보니 바닥에 십사남이 밟은 흔적이 생겨나고 있었다. 사사녀와 흙바닥을 다녀본 적이 없으니 그들에게 발자국이 있으리라는 생각은 미처 하지 못했다. 나는 십사남의 발자국을 따라갔다. 묵인들도 신발을 신는 걸까? 아니면 맨발로 거친 바닥을 걸어 다니는 걸까? 평생 처음 가져본 질문들이었다. 하지만 십사남의 발자국을 아무리 봐도 결론을 내릴 수 없었다. 쇠로 된 뒤집개 같은 물건으로 찍어 놓은 듯한 길이 15센티미터 정도의 타원 모양 자국이 찍혀 있을 뿐, 사람의 발자국으로는 보이지 않았다. 어떤 발로 어떻게 걸어야 저런 모양이 생기는 거지? 나는 십사남의 발자국을 천천히 따라갔다.

"이 나라에 묵인이 있었던 건 일제강점기 이전부터야. 나는 1930년대에 태어났어. 나한테도 이름이 있지만 너희가 발음하긴 어려워. 우리는 숲에서 자고 민가에서 물건을 훔쳐서 살았어. 기근과 수탈이 있을 땐 묵인들도 덩달아 죽었다. 전쟁까지 겪었지. 그래도 자유롭게 살아왔어. 너희랑 똑같이 말이야."

십사남의 출생 연도를 듣고 나는 또 놀랄 수밖에 없었다. 방금 전 나를 순식간에 제압했던 그는 거의 백 살을 바라보는 노인이었다. 아마도 묵인들의 수명은 사람과는 좀 다른 듯했다.

"그때까진 사람이랑 교류가 없었단 말이죠? 언제 이런 신세가 된 거예요?"

"60년대 말이었어. 한 묵인 집단이 사설 기업이랑 일을 한다고 들었어. 그 기업은 미군과 직접 교류하는 특수한 회사랬어. 그때까지만 해도 몰랐지. 70년대의 지옥이 시작될 줄은."

"지옥이라고요?"

"네가 알고 있는 인류사 최악의 학살은 뭐지? 홀로코스트? 동아시아에서 자행된 일본군의 학살? 소련과 중국? 그걸 월등히 뛰어넘는 대학살이 70년대에 있었어. 인류가 묵인들의 존재를 눈치채고 그들의 씨를 말린 일이지."

"인류가? 말도 안 돼……. 나는 태어나서 묵인이라는 게 뭔지 한 달 전에야 알았는데요?"

"일반인들은 모르는 게 당연하지. 이건 모든 나라에서 최고위 보안의 기밀이니까. 2차 대전 이후 90년대까지는 냉전과 첩보전의 시기였어. 몇몇 묵인 그룹은 자기 가치를 인정받기에 절호의 기회라고 생각해서 군대와 접촉을 시도했는데, 그게 실수였지. 인간은 투명한 존재들을 인지한 순간 그들을 잠재적인 적으로 규정했어. 두 개의 선택지만 있었어. 묵인들을 완벽히 통제하거나 아니면 절멸시켜서 위험의 싹을 자르거나. 각국 정보부와 손잡은 소수의 묵인들만 남기고 전 세계에서 묵인 학살이 시작됐어. 앞잡이들을 내세워서 묵인들을 불러 모으고는 싹쓸이했지. 대량 학살, 인체 실험, 분리 수용소, 강제 노역. 인간이 그동안 계속해 왔던 더러운 방법들로 수백만 명의 묵인들이 희생되었지만 누가 그걸 증언하겠어? 보이지도 않는 존재들이 사라진 것뿐이니까."

십사남의 말을 들을수록, 나는 발을 들여선 안 되는 위험한 동굴의 한복판에 온 것 같은 공포를 느꼈다.

"그, 그런 스케일이라면 나 한 사람이 어쩔 수 없잖아요? 정부가 관리하는 일이라면 말이에요."

"아니. 국정원도 그들의 고객에 불과해. 60년대부터 우리를 관리해 온 그놈들."

"아람 목재 말이에요?"

"아람 목재는 일부일 뿐이야. 놈들의 근원이 어디에, 어떤 모습으로 존재하는지 아무도 짐작 못 해. 이 나라에 들어온 미군이 설립한 회사일까? 아니면 그들보다 더 높은 어딘가에서?"

"그게 나나 기영이 같은 사람이 움직여서 해결될 일인지…….
언론사에 제보라도 할까요? 지금 이 얘기."

"이런 우스갯소리를 어느 기자가 사실로 받아줄까? 증거인멸

차원에서 우린 학살당하고 너는 정신병원에 갇히겠지."

"그럼? 포클레인이라도 끌고 와서 저 담을 허물어요?"

"담이 허물어져도 센서 작동을 멈추진 못해. 네가 해줄 수 있는 일은 그런 게 아냐."

"그럼 뭘 어떻게 해야 돼요?

십사남의 말을 들으며 걷다 보니 어느새 철조망이 쳐진 외벽에 가까워졌다. 벽 앞에는 간이 의자 두 개가 놓여 있었다. 간이 의자 하나가 내 앞으로 서서히 움직여 왔다. 십사남이 내게 앉으라는 뜻으로 빼준 것이었다. 먼지가 잔뜩 쌓였지만 마침 다리가 아팠으므로 의자에 털썩 앉아버렸다. 곧이어 십사남이 내 어깨에 손을 올리는 것이 느껴졌다. 우호적인 몸짓이었지만 그들의 피부는 기분 나쁠 정도로 차가웠다.

"지금으로썬 어떤 시도도 통하지 않아. 틈을 노리는 수밖에 없어."

"틈이라뇨?"

"아람 목재는 세 그룹의 묵인들을 다루고 있어. 제1 저목장은 국가의 명령을 따르는 대북팀. 국정원은 이곳의 존재밖에 모르지. 제2 저목장은 우리, 산업 스파이팀. 제3 저목장은 암살팀. 하지만 영원한 비밀은 없는 법이야. 국정원이 제2 저목장의 낌새를 맡았고, 아람 목재도 꼬리를 밟히지 않으려고 여길 잠시 방치하고 있어. 이 나라 안에서 국정원과 아람 목재가 묵인들의 소유권을 놓고 알력 다툼을 벌이고 있는 거지. 어쩌면 기회야. 이 싸움에 끼어들면 아람 목재를 흔들 수 있어."

나는 머리가 지끈거려 잠시 관자놀이를 두 손으로 감싸고 고개를 숙였다. 큰 해머로 철문이나 박살내 주면 되는 게 아니라고? 당신들을 구하기 위해선 국정원과 경쟁 관계에 있는 회사에 한 방 먹여야 한단 말이야? 내가 첩보 요원도 아니고 대체 이게 가능한 일인지 의심이 들었다.

"지금 제3 저목장 암살팀이 암살 대상을 잡았다는 소문이 돌고 있다. 현 정권의 고위 관료 중 한 명이고 회사의 사활이 걸린 일이야."

"암살? 고위 관료? 그게 누군데요?"

"현 기재부 차관. 차기 대선 후보로 거론되는 장관과 정부 여당에 보내는 경고 메시지야. 아람 목재가 이 싸움에서 확실한 우위를 점할 분수령인 거지. 장관의 출마 선언을 다음 달 초로 예상하고 있으니 기한은 이번 달 말일까지야. 알겠나? 암살을 막아야 해."

"차관이 내가 만나고 싶다고 만날 수 있는 사람도 아닌데 어떻게 막으란 건지 ……."

"방법을 찾아야 돼. 암살 계획이 무산되면 아람 목재도 흔들릴 거야. 윗선에선 지금 대표로 앉아 있는 자도 교체시킬 거고, 반드시 관리에 빈틈이 생긴다. 호랑이들은 그때 사육사를 물어

죽이고 탈출하는 거야. 넌 그전까지의 일만 도와주면 돼."

암살 시도를 막는다는 위험해 보이는 계획을 생각하다가 이 게임의 또 다른 플레이어를 떠올렸다. 사사녀였다. 십사남과의 몸싸움도 힘겨웠지만, 사사녀의 육체적 능력은 그보다 월등했다. 내가 지금까지처럼 사사녀를 이동시켜 주기만 하면 그녀가 암살도 막아주지 않을까? 내 어깨의 짐을 나눠 질 존재가 있다고 생각하자 조금은 혼란이 가라앉았다.

"암살을 막는 건 사사녀한테 맡길게요. 내가 괜히 나섰다간 될 일도 안 될 테니까."

"네가 반드시 힘을 합쳐야 돼. 제3 저목장의 암살 실력은 차원이 달라. 그들은 목적만을 위해 길들여진 흉기니까 언제나 너와 사사녀를 노릴 거야. 특히 오십녀는 최악의 존재야."

"오십녀?"

"놈은 70년대에 태어났어. 그 이후로 한국에 있었던 굵직한 인사들의 사망에는 전부 오십녀가 관여됐다고 봐도 과언이 아니지. 목표물은 반드시 죽였어. 의심 한 점 안 들게 사고나 자살로 위장하기 때문에 가족들이 부검조차 안 해."

무서운 얘기만 잔뜩 듣다가 문득 고개를 들어보니 사방이 컴컴한 어둠에 휩싸여 있었다. 이대로는 나까지 저목장에 갇힐 것 같은 두려움에 몸이 떨려왔다. 나는 빨리 이곳 문밖으로 나가고 싶어 자리에서 일어섰다.

"무슨 얘긴지는 잘 알았어요. 방법은 찾아보겠지만 내가 할 수 있을지는 모르겠어요. 오늘 무서운 얘기를 하도 많이 들어서."

내가 돌아설 때까지 십사남은 아무 대답도 하지 않았다. 단지 뒤에서 작은 발소리를 내며 따라왔다. 침묵의 동행은 내가 핸드폰 불빛에 의지해 저목장 입구를 찾을 때까지 계속되었다. 저목장을 나가기 전 십사남은 내게 마지막 당부를 건네듯 말을 꺼냈다.

"인간은 큰 죄를 저질렀고 채기영은 조금이라도 그걸 되돌리고 싶어 했어. 네 친구의 죽음을 헛되게 하지 말아줘."

십사남은 내게 사명감을 심어주려 한 듯싶었지만, 그런다고 없던 의욕이 갑자기 생길 리 없었다. 뼛속까지 파고드는 것은 오직 공포뿐이었다.

나는 서둘러 시동을 걸고 산길을 거슬러 올라갔다. 저목장이라는 끔찍한 수용소를 뒤로 하고 긴 임도를 벗어나 국도에 접어들었다. 나는 점점 숨이 막혔다. 제일 먼저 든 생각은 기영의 죽음에 대한 진실이었다. 기영은 정말로 자살한 걸까? 제3 저목장의 살인자 묵인들에게 감쪽같이 당한 것은 아닐까? 묵인의 존재를 안 시점부터 자살과 타살에 경계를 짓는 것 자체가 무의미해졌다. 놈들이 기영의 목숨을 노렸다고 가정한다면 그 이후에 한 일은 무엇이었을까? 혹시······.

불길한 생각이 드는 순간 뭔가가 내 머리를 옆으로 밀쳤고,

핸들은 오른쪽으로 휙 꺾여버렸다. 쿵! 소리와 함께 타이어가 갓길을 넘어 보행로로 올라섰다. 묵인이었다. 묵인은 다른 곳도 아닌 내 차 안에서 기다리고 있었다. 보이지 않는 덩어리가 내 얼굴과 목을 연신 때렸지만 나는 필사적으로 핸들을 붙잡고 버텼다. 저목장에서부터 계속 긴장해 있던 터라 몸이 미약하게나마 대응을 했다. 차는 보행로 옆 펜스를 들이받고 멈춰 섰다. 나는 당황한 와중에도 온 힘으로 브레이크를 밟았고, 오른손으로는 사이드브레이크를 올렸다. 팔을 마구 휘저어 대항하며 차 키를 들고 운전석 문을 빠져나가는 것까지 성공했다. 차에서 내려보니 펜스 너머는 곧바로 호수의 수면이었다. 차와 함께 호수에 수장될 뻔했던, 실로 아슬아슬한 순간이었다. 정신을 차리고 차를 돌아보니 뒷좌석 오른쪽 문이 열려 있었다. 묵인은 뒷좌석에서 공격하느라 나를 완전히 제압하지 못했던 것 같다. 가로등 하나 없는 국도는 무서우리만치 조용했고, 보이는 것은 차 전조등에 비치는 영역밖에 없었다. 나는 묵인이 있을 어둠을 향해 소리쳤다.

"다 알고 있어! 제3 저목장 출신이냐? 날 건드리면 너도 다쳐!"

사사녀와 십사남을 통해 놈들의 공격성에는 질릴 만큼 익숙해졌다. 하지만 지금 이 녀석은 느낌이 달랐다. 내게 뭔가를 알아낼 생각조차 없는 듯 다짜고짜 죽이려 했다. 나는 몸을 낮춘 뒤 좌우를 둘러보며 경계했다. 놈이 달려들면 나도 놈을 붙잡고 엉겨 붙겠다는 각오였다. 하지만 공격은 예상 못 한 곳에서 왔다. 셔츠 뒷덜미가 기중기 같은 것에 걸린 듯 몸이 붕 뜨는 느낌이 전해졌다. 놈은 내 등 뒤쪽, 차 보닛 위에 있었다. 보이지 않는 손은 내 몸을 보닛 위로 내팽개치고 이어서 보닛 아래쪽 검은 수면으로 밀쳤다. 나는 요상한 비명을 질러대며 놈을 붙잡으려 했다. 허공에 팔을 휘두르던 도중 잡히는 것이 있었고, 나는 손톱을 세우며 필사적으로 그것을 끌어당겼다. 뭔가가 보닛에 쓰러지는 소리와 함께 끄윽 하는 묵인의 비명이 처음으로 귀에 들려왔다. 내가 잡은 것은 놈의 무릎 뒤쪽이었다. 의외로 어린아이의 다리처럼 가냘팠다. 나는 몸을 옆으로 눕힌 채 수영하듯 팔을 휘저어 한 손으로는 놈의 어깨라고 생각되는 부분을, 다른 손으로는 머리 같은 부분을 누르며 제압했다.

"나한테 왜 이러는 거냐! 난 너희를 구하러 왔다고!"

묵인은 아무 대답도 없었다. 바로 다음 순간, 눈앞에 말 그대로 불꽃이 튀기는 것을 봤다. 작지만 매서운 주먹이 내 귀와 목 사이의 틈을 강타했다. 고장 난 기계음 같은 기분 나쁜 환청이 고막을 울렸고, 시야가 흐려졌다. 그 순간 누군가의 목소리가 떠올랐다.

'네 번째 단추 위치가 묵인들의 급소다. 너희들 명치보다 1센티 아래.'

나는 보닛 위에 떨어져 있는 차 키를 주워 들고 놈의 급소라 생각되는 쪽을 있는 힘껏 찔렀다.

"쿠웨엑!"

놈이 낸 소리는 생물이 고통에 신음하는 소리가 분명했다. 나는 몇 번이고 급소를 차 키로 찔렀다. 그러자 보닛 위로 뭔가가 데굴데굴 굴러가는 진동과 소리가 느껴졌다. 뒤이어 무언가가 호수에 풍덩 떨어져 버렸다. 물은 많이 튀지 않았다. 날 습격했던 묵인은 신장이 140센티미터 정도도 안 되는 소년 혹은 소녀였던 것 같았다. 나는 호수 수면을 한동안 쳐다봤다. 묵인이 빠진 소리가 들린 이후로 수면에는 미동조차 없었다. 어떤 소리도 들리지 않았다. 그는 죽은 것일까? 아니면 놀라운 잠수 실력으로 기척을 숨긴 채 다시 습격할 때를 노리는 것일까? 두 번째 가능성에 생각이 미치자 나는 서둘러 보닛에서 내려와 운전석에 올랐다. 한시라도 빨리 이 장소에서 벗어나고 싶었다.

차는 무사히 시동이 걸렸고, 집에 오는 동안에도 큰 말썽은 없었다. 다행히 작은 묵인 습격자가 다시 차에 올라타지는 못한 모양이었다. 찌그러진 보닛 따위는 눈에 들어오지도 않았다. 빌라 건너편 공영 주차장에 주차를 마치고 반지하방으로 돌아올 때까지도 불안은 가시지 않았다. 그사이 집에 침입자가 들어왔을지도 모른다는 생각에 창과 창틀을 몇 번이나 확인했다. 그것도 모자라 팔을 벌리고 풍차처럼 붕붕 돌며 집 곳곳을 탐색한 다음에야 이 공간에 나 혼자라는 사실을 믿을 수 있었다. 누가 이 장면을 본다면 미친놈이라고 비웃었겠지만 나한테는 그 확인이 절실했다.

방에 주저앉아 숨을 한참 몰아쉰 다음에야 생각이 조금씩 정리됐다. 지금까지 사사녀와 십사남을 만나 두들겨 맞아도 보고 협박도 당해봤지만 그들이 진정한 위협으로 느껴지지는 않았다. 그들이 사실은 내 도움을 필요로 하고 있었기 때문이다. 하지만 오는 길에 차에서 만난 녀석은 전혀 달랐다. 놈이 제3 저목장 출신이라면 상황은 몹시 비관적이었다. 녀석 같은 킬러들이 날 죽이려고 호시탐탐 노리고 있다면 당해낼 재간이 없었다. 그때 엉뚱하게도 내 머릿속을 스쳐 간 물건이 있었다. 서랍장 안에 넣어놨던 셀카 봉이었다. 지난 생일, 재윤이 장난삼아 무려 2미터 길이의 셀카 봉을 선물로 줬다. 가지고 다니기엔 굵고 무거워서 일종의 엽기적인 장난감 정도로 생각했지만, 이런 상황에서는 도움이 될지도 모른다. 나는 곧장 셀카 봉을 꺼내 최대한 늘려봤다. 앉은 자리에서 방 끝까지 충분히 닿는 길이였다. 이것을 늘 휴대하면 새로운 공간에 들어갈 때마다 사방으로 휘둘러 묵인의 존재를 확인할 수 있을 것이다. 속으로 쾌재를 불렀지만 순식간에 허무해졌고, 블랙코미디 영화 속에 들어와 있는 듯한 자괴감이 밀려왔다. 나도 모르게 자괴감을 입 밖으로 내기까지 했다.

"나 지금 뭐 하는 미친 짓이지?"

정신이 이상해질 정도로 피곤했다. 그리고 언제인지도 모르게 2미터 셀카 봉을 품에 안은 채 그대로 잠들었다.

깨어났을 땐 어느새 오후 1시가 되어 있었다. 차 안에서 소년 체형의 묵인과 싸웠던 일 때문인지 온몸이 뻐근했다. 어제의 일을 꿈이었던 것으로 치부하고 싶어도 몸의 통증이 나를 막아 세웠다. 자신들의 불안한 존재를 남의 몸뚱이에라도 각인시키겠다는 각오인지, 묵인들은 만날 때마다 내게 고통을 선물했다. 그래도 멀쩡히 눈을 뜬 것을 보면 묵인들이 내 집까지 알아내진 못한 듯했다. 나는 냉장고에서 검게 짓무른 바나나를 꺼내 허기진 속을 달래고는 핸드폰을 봤다. 사사녀에게 음식 가져다주는 날이라는 일정 알림이 화면에 떠 있었다. 학원을 그만둔 이후 나는 사치스러울 정도로 많은 음식을 사서 이틀에 한 번 시내 호텔에 들르는 일상을 반복하고 있었다. 그 호화로운 일상의 이면에서 내가 어떤 투쟁을 하고 있는지 아는 이는 아무도 없다. 내가 정부 주요 인물의 암살 음모를 알고 있다는 사실은 더더욱 믿기 힘들 것이다. 그러니 묵인의 암살을 막을 길은 내가 나서 스스로 싸우는 방법밖에 없다. 물론 싸움 자체는 사사녀가 해줘야겠지만. 묵인들은 서로를 볼 수 있다고 했으니, 앞으로 모든 행동을 사사녀와 함께하면 갑작스러운 습격에 대응할 수 있겠다는 데 생각이 미쳤다.

나는 포털 검색창에 현직 기재부 차관을 검색해 봤다. 이름은 차진구, 최종 학력은 시카고대학교 경제학과 박사였다. 통통한 얼굴에 사람 좋게 웃고 있는 그를 보고 나는 이상한 데자뷔를 느꼈다. 차진구라는 이름은 생소하지만 분명 본 적 있는 얼굴이었다. 고등학교 현장학습 시간, 박물관 견학을 마치고 나서 같은 반 친구 아버지의 차에 얻어 타고 집까지 온 일이 있었다. 그때 젊은 비서가 운전하던 차의 조수석에 앉아 우리를 돌아보던 사람. 차진구는 우리 반 반장이었던 차지훈의 아빠였다. 이번에 행시에 합격한 지훈의 집이 대대로 관료 집안이라는 얘기는 들었지만 아버지가 기재부 차관이라는 것까지는 몰랐다. 기막힌 우연이라는 놀라움과 함께 이 정도라면 우연이 아닐지도 모른다는 생각이 동시에 들었다. 암살 타깃이 지훈의 아빠라는 것을 안 기영이 일부러 내게 이 책무를 맡겼다고 해도 어색할 게 없었다.

'꾸준히 연락해서 지훈이한테 일자리라도 소개해 달라고 할걸 그랬나? 걔네 아버지 비서라도 말이야. 하하.'

돌이켜 보니 시체를 유기하던 날 기영은 지나가는 농담처럼 지훈의 아버지를 언급했었다. 지금에야 그의 농담이 내게 힌트가 되어주고 있었다. 스물아홉 살의 배우 지망생 홍한수에게는 기재부 차관에게 접근할 기회조차 없지만 경일고 1학년 3반 출신 홍한수에게는 방법이 있었다. 그 방법이 기영의 장례식에서 내가 부린 행패 때문에 사라져 버렸다는 것이 문제였지만. 머리가 지끈거렸다. 재수 없는 지훈 녀석의 아빠를 지키기 위해 목숨이라도 던져야 하는 걸까.

모든 일에 대한 의논은 사사녀와 함께 하는 것으로 미뤄놓고 일단 마트에 가서 쇼핑에 매진했다. 사사녀가 항상 깔끔하게 먹어치웠던 만두와 잡채, 그리고 각종 빵들을 카트에 넣었다. 그녀의 배를 채우려면 양 손바닥에 줄이 생길 정도로 많이 담을 수 있는 큰 봉지가 두 개 필요했다. 호텔 주차장에 주차를 마치고 사사녀가 투숙 중인 방으로 올라갔다. 방문을 열고 들어섰지만 그녀는 조용했다. 인사말을 따로 하지 않는 사사녀였기에 그때까지 어색하진 않았다.

"오늘은 빵이 세일 중이라 많이 사 와봤어요. 잡채도 처음이죠? 처음은 아니려나. 사사녀 씨가 자랐다는 군부대에서는 주로 뭘 먹었어요? 아 참, 묵인들이 옮겨 간 거처를 알아냈어요. 강원도에 있는 저목장이었어요. 목재 보관하는 곳 말이에요. 거기에서 십사남이라는 할아버지를 만났어요. 제2 저목장이라고, 마흔 명이나 되는 묵인들이 다 거기에 갇혀 있다고 하지 뭐예요. 묵인들도 거기서 탈출하려고 해요. 아람 목재의 암살 시도를 저지해서 한 방 먹일 계획인가 봐요."

순간 아찔한 느낌이 들어 말을 멈추고 주변을 살폈다. 물론 보이는 게 있을 리 없었다. 이 방 안에 사사녀뿐만 아니라 마흔 명의 묵인이 있다 해도 눈으로는 알 수 없을 터였다. 하지만 분명 느낄 수 있었다. 사사녀가 내 말에 일부러 대답하지 않는 것이 아니라 대답할 수 없는 상태라는 것을.

"사사녀 씨? 대, 대답할 수 있어요?"

한참을 기다려도 사사녀는 대답하지 않았다. 그녀가 일부러 날 놀래주려는 장난 따위는 치지 않을 성격이라는 것을 잘 알고 있었다. 혹시 잠들어 있나 싶어 침대 위를 샅샅이 만지며 살폈다. 침대를 만지며 벽면 쪽으로 다가간 순간, 뭔가가 발에 걸렸다. 순식간에 불길한 예감이 들었다. 바닥에 손을 대보니 반듯이 누워 있는 몸이 만져졌다. 왜 사사녀가 침대 옆 바닥에 누워 있는 것인가?

"이봐요! 자는 거예요? 사사녀 씨!"

아무리 흔들어도 대답이 없었다. 어깨를 더듬어 올라가 그녀의 뺨을 때려보고 흉부 압박을 해봤다. 살아 있을 때에도 차가웠던 그녀의 몸은 거의 금속처럼 느껴질 만큼 차갑고 딱딱하게 굳어 있었다. 혹시 침입자? 나는 황급히 방을 살폈다. 무방비로 들어왔을 때에는 왜 이상한 점을 발견하지 못한 걸까. 테이블과 의자의 위치가 조금씩 바뀌었는지 카펫 위로 눌린 흔적이 여러 개 있었다. 커튼을 들춰 테라스로 통하는 문을 살폈을 때 의심은 확신으로 바뀌었다. 무언가가 세게 부딪친 듯 통유리에 여러 개의 금이 가 있었고, 테라스 문도 열려 있었다. 침입과 격투의 흔적이 틀림없었다. 쓰러진 사사녀를 어떻게 해야 한다는 생각보다도 지금 내 몸의 안전이 더 걱정되었다. 황급히 테라스 창을 닫은 뒤, 봉지에 넣어 온 셀카 봉을 꺼냈다. 2미터짜리 셀카 봉을 한껏 늘려 방 여기저기를 향해 휘둘러 봤다. 실제 묵인 암살자가 이 방에 있다면 통할 리 없겠지만 무력한 저항이라도 해볼 도리밖에 없었다. 그렇게 객실 허공을 다 들쑤시고 다니던 중 객실 전화기가 울렸다. 무시하려 해도 끊기지 않는 전화벨 소리에 미칠 것만 같았다.

"누구냐!"

"네? 아 고객님 투숙 기간이 오늘까지입니다. 12시까지 체크 아웃 부탁드립니다."

프런트에서 걸려 온 전화였다. 핸드폰으로 시간을 확인하니 채 1시간도 안 남아 있었다.

"추가 요금 낼 테니까 2시까지만 기다려주세요."

시간은 벌었지만 무엇부터 해야 할지 감이 잡히지 않았다. 일단 쓰러져 있는 사사녀의 가슴팍을 몇 번 더 주먹으로 내리치며 그녀의 의식이 돌아오길 기다렸지만 그럴수록 나는 손끝으로 확연히 다가온 죽음을 느꼈다. 죽었다. 한 번도 본 적은 없지만 내게 도움을 청했고, 기영의 친구이기도 했던 그녀가 죽은 것이다. 내 부탁으로 엉뚱한 사람을 두들겨 패주기까지 했었던 그녀가.

버려둘 수도 없고 소생시킬 수도 없는 그 몸을 체크아웃 시간이 되기 전에 치워야 했다. 그 뒤에 일어난 일들은 찰나처럼 정신없이 지나갔다. 상가에 가서 제일 싸고 큰 캐리어 가방을 사온 뒤 사사녀의 몸을 그 안에 구겨 넣고 서둘러 체크아웃을 했다. 무슨 정신으로 그 무거운 가방을 차에 실었는지, 어느 길로 운전을 해 왔는지 기억도 나지 않는다.

정신을 차리고 보니 나는 개봉산 차고지 앞에 차를 세우고 있었다. 기영과 묵인의 시체를 묻었던 곳이었다. 그때의 기영이 묵인을 어떻게, 왜 죽였는지는 듣지 못했지만 이 상황이 되어 보니 알 수 있었다. 기영 또한 무수한 살해 시도에 시달렸을 것이고 살기 위해 반격했을 것이다. 보이지 않는 자들의 세계에선 그것이 일상이나 다름없기 때문이다.

나는 햇빛이 사라질 때까지 기다렸다가 차에서 나왔다. 그리고 가장 가까운 편의점으로 가서 라이터와 충전용 기름을 샀다. 삽을 들 힘도, 땅을 팔 정신도 없는 내가 그녀에게 해줄 수 있는 최고의 예우라고 생각했다. 나는 캐리어 가방을 숲의 경계에 있는 황무지로 끌고 가 가방 지퍼를 내렸다. 여전히 아무것도 보이지 않았지만 손을 뻗자 생각보다 작은 그녀의 몸이 만져졌다. 깊이 정들 만한 일은 없었어도 마음이 쓰라렸다.

"잘 가요. 돈 아끼지 말고 더 맛있는 거 사다 줄걸."

지퍼 안쪽에 기름을 다 부어버리고 불을 붙였다. 커다란 불길이 검은 연기를 내며 이윽고 가방마저 집어삼켰다. 묵인의 몸에서는 동물의 살이 탈 때 나는 불쾌한 냄새도 나지 않았다. 그녀의 몸처럼 눈에 보이지 않을 재는 바람에 실려 흙으로 돌아갈 것이고, 이 자리에는 탄 가방밖에 남지 않을 것이다.

나는 몇 걸음 떨어져서 사사녀의 시체가 사라지는 모습을 한참 보고 있었다. 씁쓸히 추모의 마음에 빠진 것은 아니었다. 막막함에 머릿속이 방전된 것처럼 아무 생각이 들지 않았다. 그녀가 내 눈이 되어주지 않는다면 나는 어떻게 앞으로의 위기를 헤쳐 갈 것인가? 아니, 사사녀가 죽었기 때문에 나는 이제 묵인과 상관없는 사람이 된 것인가? 기영의 부탁, 사사녀의 부탁, 십사남의 부탁, 그리고 반드시 은혜를 갚겠다는 그들의 약속이 내 팔을 잡아끄는 것 같았다. 하지만 반대쪽에선 생각만 해도 소름 끼치는 제3 저목장 묵인들에 대한 두려움이 발목을 붙잡았다. 오도 가도 못한 채 몸이 찢길 것만 같았다.

탄 가방과 사사녀의 시체를 버려두고 집에 돌아온 시간은 오후 11시였다. 지하로 통하는 계단을 내려가 집 문을 여는 순간 나는 일이 단단히 잘못되었음을 느꼈다. 찬장 문과 서랍이 모두 열려 있고, 옷가지와 식기들이 제멋대로 바닥을 뒹굴었다. 열린 창밖으로 휘어진 방범창이 보였다. 여기 누군가 들어왔다고 명백한 경고를 보내듯, 모든 것이 의도적으로 어질러진 것 같았다. 더 끔찍한 가정은 이 풍경이 경고에 그치지 않고 현재 진행 중일지도 모른다는 것이었다. 그때 나무 재질의 부엌 찬장이 끼익 하고 움직이는 소리가 들렸다. 나는 본능적으로 집 밖으로 뛰쳐나와 현관문을 닫고 도망치기 시작했다. 이젠 내 작은 자취방도 더 이상 안전한 곳이 아니었다.

공영 주차장까지 달려오는 동안 나는 쉴 새 없이 팔을 휘두르며 따라붙을지도 모를 그놈들을 견제했고, 차 안으로 들어간 뒤에는 무엇보다 먼저 셀카 봉으로 곳곳을 찔러 묵인이 숨어 있는지 확인했다. 차문을 잠그고 뒷좌석 밑에 쪼그려 누운 뒤 한참의 시간이 지나고서야 비로소 숨을 제대로 쉴 수 있었다. 진짜 위기는 기영이 투명인간을 죽인 일도, 사사녀가 묵인 암살자에게 죽은 일도 아니었다. 내게 귀신처럼 따라붙는 그놈들이었다. 사사녀를 죽이고도 놈들은 성에 차지 않는 것 같았다. 묵인과 아람 목재의 음모를 알고 있는 유일한 사람인 나를 죽여야만 그들의 목적이 달성될 것이라 생각하니 난간 없는 절벽에 내몰린 기분이었다. 건물 앞을 걷다가 벽돌에 맞아 죽거나 계단을 오르다가 난데없이 실족사 할 수도 있는 운명이라니. 더군다나 살인을 당해도 일말의 의심조차 없이 황망한 사고로 취급될 수밖에 없는 죽음이라니. 나는 이미 놈들의 타깃이 된 것이다.

부실한 나의 뇌가 과열되며 온갖 수를 짜내기 시작했다. 내 발로 정신병원에라도 갇히면 묵인들은 암살을 포기할까? 동생에게 부탁하면 의사 소견서를 조작해서 써줄 수도 있지 않을까? 아니지, 녀석은 내가 묵인의 묵 자만 꺼내도 알아서 폐쇄 병동에 나를 집어넣을 것이 뻔하다. 그러던 중 갑자기 동생과 나눴던 대화가 떠올랐다.

'그…… 투명한 사람이 있을 수 있냐?'

'무슨 미친 소리야? 사람 몸에서 투명한 건 각막밖에 없어.'

잠깐만, 사람은 투명한 각막으로 서로를 볼 수 있다. 또 사사녀는 묵인들이 서로를 볼 수 있다고 했다. 그렇다면 묵인의 각막이라면 묵인을 볼 수 있다? 문득 이상한 가설이 떠올랐다. 어쩌면 내가 처한 위기에 대처할 방법이 딱 하나 있을 것 같았다. 하지만 그걸 실천하기 위해선 아주 극단적인 행동이 필요했다.

저목장에서 십사남이 했던 말을 떠올렸다. 70년대엔 끔찍한 묵인 학살이 전 세계적으로 일어났다고. 돌이켜 생각하면 분명 이상한 점이 있었다. 아무리 현대식 무기들로 무장했다고 해도, 적외선 카메라에조차 잡히지 않는다는 투명한 존재들을 마구잡이로 살해하는 건 쉬운 일이 아니다. 당시의 학살자들이 묵인들을 보는 특수한 방법을 가지고 있었다고밖에 생각할 수 없다. 사람이 묵인을 볼 수 있는 방법이 전혀 없다면 묵인들은 지금처럼 노예 생활을 할 필요도 없었을 것이다. 투명한 묵인들을 볼 수 있는 가장 원시적인 방법을 생각해 보자면 단 하나밖에 없었다. 그들의 눈을 이용하는 것이다. 그 원리를 이해할 수는 없지만 서로를 볼 수 있는 묵인의 눈. 상아 밀렵꾼들이 코끼리의 호르몬으로 그들을 사냥하듯이, 사람들은 묵인의 눈을 써서 묵인을 학살했을지도 모른다. 무시무시한 발상이지만 역으로 생각하면 내 쪽에서도 충분히 활용할 수 있는 방법이었다. 내겐 언제든 꺼내 올 수 있는 묵인의 시체가 하나 있었다. 내가 기영과 땅에 묻어놓은 그 시체. 이 모든 일의 시작이었던 그 시체. 기영과 새벽에 암매장을 했던 자리가 지금도 그려질 듯 기억 속에 생생했다.

나는 즉시 운전석으로 가서 시동을 걸었다. 망설임도 두려움도 없었다. 탈출구가 보이자 마음이 차분해졌고 생각은 기민해졌다. 계속해서 닥쳐오는 위기가 처음에는 사람을 좌절시키더니 나중에는 오기로 활활 타오르게 만들었다. 바닥을 치고 올라간다는 기분을 태어나서 처음으로 느꼈다.

차를 몰고 다시 개봉산으로 향하는 도중, 세 군데의 편의점을 뒤져 마침내 작은 모종삽을 살 수 있었다. 차고지 주차장에 차를 세우고 시체를 묻은 숲으로 망설임 없이 걸어갔다. 차고지 담벼락에는 누가 버려놓은 것 같은 공사용 삽 하나가 비스듬히 놓여 있었다. 나는 들고 있던 모종삽을 내려놓고 그 삽을 집어 들었다. 일이 잘 풀릴 느낌이었다. 핸드폰 손전등 기능을 켜고 숲을 한동안 걸어 들어가자 기영과 암매장을 했던 장소가 나왔다. 여전히 주변 흙과 색깔이 달라 손쉽게 알아볼 수 있었다. 나는 지칠 줄도 모르고 삽질을 해댔다. 혹시라도 있을지 모를 묵인들의 습격에 대비하기 위해 모든 행동을 빠르고 절도 있게 해야만 했다. 한참 삽질을 해 내려가던 중, 기억보다도 더 깊은 곳에서 덩어리가 느껴졌다. 만져보니 묵인의 시체는 다행히 부패되지 않고 잘 보존된 것 같았다. 그사이 비 한 방울도 오지 않는 건조한 날씨가 계속된 것이 행운이었다.

진짜 문제는 지금부터였다. 이 묵인의 머리통에서 안구를 꺼내야만 했다. 어떤 생물의 눈을 뽑는 것만큼 꺼림칙하고 역겨운 일이 또 있을까. 생선 요리를 먹을 때에도 물고기의 탁한 눈에 젓가락 한번 대본 적이 없었다. 나는 들고 온 편의점 봉투를 뒤져 미리 사 온 물건들을 꺼냈다. 얇은 볼펜, 커터 칼, 일회용 숟가락……. 뭐든 길쭉하게 생긴 물체라면 다 쓸어 담아 왔다. 묵인의 머리통을 더듬자 감긴 눈이 있었고, 나는 그의 눈꺼풀을 천천히 벗겨내려 시도했다. 놀랍게도 녀석의 눈꺼풀은 사람처럼 위에서 내려오는 것이 아닌 아래에서 올라오는 방향으로 닫혔다. 눈꺼풀을 아래로 당기자 안쪽의 눈이 만져졌다. 감촉이 신기했다. 안구란 것은 원래 축축하고 말랑한 것 아니었나? 평생 살면서 남의 안구는 물론 내 안구조차 만져본 적이 없으니 확신할 수는 없지만 손에 닿는 묵인의 눈은 미끄럽고 아주 딱딱했다. 기름을 살짝 칠한 도자기 공을 만지는 것 같은 묘한 느낌이었다. 생물의 눈이 이런 촉감일 수도 있다는 것이 놀라웠다.

나는 사 온 물건들 중 일회용 숟가락을 제일 먼저 집었다. 그리고 젖힌 묵인의 눈꺼풀 아래로 숟가락을 넣었다. 매끈한 표면 때문인지 숟가락은 꽤 안쪽까지 순식간에 밀려 들어갔다. 마음 속으로 기도했다. 신이시여, 이 불경을 용서하시길. 묵인도 당신이 만든 피조물일 텐데, 제가 편의점 숟가락으로 눈알을 꺼내려 하고 있습니다.

눈 밑으로 숟가락을 넣는 데는 금방이었지만 눈을 꺼내는 것은 쉽지 않았다. 땅에 박혀 있는 잡초의 뿌리처럼, 눈은 머리와 단단히 결합되어 있었다. 숟가락은 곧 구부러졌고, 나는 그 끄트머리를 잡고 온 힘을 줬다. 눈꺼풀 밖으로 살짝 나온 것처럼 느껴지는 안구를 완전히 꺼내기 위해 나는 다른 손으로는 볼펜의 뭉툭한 끝을 반대쪽에 밀어 넣었다. 나머지 모든 손가락으로는 안구를 꽉 잡고 힘을 줘서 잡아당겼다. 곧이어 뭔가가 투둑 끊어지며 묵인의 눈이 밖으로 미끄러져 나오는 느낌이 들었다. 나는 맨손으로 안구를 잡아 편의점 봉투에 넣었다. 그리고 반대쪽 눈에도 같은 방법을 시도했다. 묵인의 몸이 눈에 보이지 않는다는 것이 이 순간만은 얼마나 행운인지 몰랐다.

광기의 시간을 최대한 가볍게 받아들이기 위해 나는 머릿속으로 코미디 콩트를 생각했다. 쪼그려 앉아 플라스틱 숟가락과 볼펜을 들고 낑낑대는 남자에게 경찰이 다가가 질문한다. 여기서 뭐 하십니까? 남자는 대답한다. 투명인간 시체에서 눈을 뽑고 있습니다. 투명인간 눈은 왜요? 보이지 않는 걸 보고 싶어서요. 하하. 저질 개그 하나를 다 완성할 때쯤 묵인의 다른 눈도 꺼낼 수 있었다. 나는 미끄럽고 딱딱한 두 개의 안구를 편의점 봉지에 넣고는 다시 흙을 덮었다.

숲에서 나와 차로 돌아온 시간은 새벽 3시였다. 다음 할 일도 쉽게 떠올릴 수 있었다. 사사녀가 그랬듯이, 묵인들에 대처할 수 있는 널찍한 숙소로 거처를 옮겨 다니며 계획을 세우는 것이었다. 묵인들이 집까지 알아내 습격해 온 이상, 이것이 최선책이다. 그동안 몸으로 체득한 묵인들에 대한 지식이 막연한 공포를 줄여줬다. 그들이 무서운 존재이긴 하지만 서울 시내에서 사람 하나를 찾아내는 일이 쉽지는 않을 것이다. 저목장 하나에 마흔 명 정도의 규모라면 그들의 습격도 한계가 있을 것이 분명하다. 또, 설령 습격해 온다고 해도 미리 알고 대처한다면 저항 못 할 상대도 아니었다. 기영도 묵인 한 명을 죽였고, 나도 싸워서 묵인 하나를 쫓아 보낸 적이 있었다. 도망칠 수 없다면 직접 상대하고 싸워나가겠다는 각오가 가슴속에서 자라났다.

핸드폰 애플리케이션을 뒤져 가장 싼 호텔을 예약했다. 통장에 돈이 얼마 남아 있지 않았다. 십사남이 말한 제3 저목장 묵인들의 암살 기한은 내일부터 이달 말일까지, 일주일간이었다. 이 일주일 안에 결판이 나야만 했다. 예약한 호텔 방에 들어와 침대 위쪽과 화장실까지 샅샅이 셀카 봉으로 점검을 하고는 편의점 봉지를 열어 안구 두 개를 꺼냈다. 투명한 안구를 들어 이리저리 살피고 자세히 만져봤다. 안구는 완전한 구형에 가까웠고 커터 칼 뒤쪽으로 표면을 살살 건드려보니 얇은 막이 있었다. 생물의 일부라기보다는 기계 부품이라고 보는 게 더 어울릴 것 같은 낯선 촉감이었다. 하지만 곤충의 다리나 천산갑의 비늘처럼 생물의 몸에 기계 같은 부위가 있는 경우는 얼마든지 있으니 이상한 일도 아니었다. 계란을 깨듯이 안구 뒤쪽을 테이블에 툭툭 내리치자 얇은 막이 위아래로 흔들리는 것이 느껴졌다. 나는 조금 더 용기를 내서 커터 칼의 칼날을 막 안쪽으로 깊숙이 집어넣었다. 손으로 안구 표면을 만져보니 무언가 들썩이는 것이 느껴졌다. 이것이 각막이기를. 칼날을 더 깊숙이 넣고 지렛대처럼 위로 들어 올리자 엄지손톱만 한 조각이 점점 떨어져 나왔다. 조각은 이내 먹기 좋게 썰어놓은 중국집 양파처럼 톡 하고 떨어져 나왔다. 손으로 집어보니 500원짜리 동전만 한 크기의 얇고 납작한 모양이었다. 나는 조각을 눈에 대었다. 그 조각을 통해서 보자 호텔 방 안은 카메라에서 세피아 필터를 켜놓은 것처럼 은은한 노란빛으로 보였다. 투명하기만 했던 묵인 육체의 일부가 이런 변화를 가져온다는 것이 놀랍긴 했지만 내가 바라던 효과인지는 알 수 없었다. 그대로 고개를 테이블로 돌렸을 때 나는 너무나 놀라서 그 조각을 떨어뜨릴 뻔했다. 테이블에 놓아둔 두 개의 안구가 똑똑히 보였다. 그것은 내가 생각했던 생김새가 전혀 아니었다. 까만 점들이 무수히 박힌 회백색의 공

위에 진한 검은색의 원형 줄무늬가 몇 겹이나 나 있었다. 대체 어떤 동물의 안구가 저렇게 생겼단 말인가? 눈이라기보단 껍질을 벗겨놓은 희귀 열대 과일처럼 보였다. 묵인들이 인간과 똑같이 생겼을 것이라고 은연중에 단정 지었는데 저 눈을 보니 인간하고는 거리가 한참 멀었다. 하나 분명한 사실은 저 생김새를 본 이상 이 일을 또 한 번 하기는 쉽지 않으리라는 것이었다. 조각을 치우자 안구는 시야에서 사라졌고, 조각을 다시 대자 징그럽게 생긴 안구가 눈에 들어왔다. 내가 얻은 조각은 묵인의 각막이 분명해 보였다. 과정은 다소 징그러웠지만 이제 나는 묵인을 분간해 낼 무기를 손에 넣은 것이다.

그날 밤, 방에 묵인이 없다는 것을 직접 눈으로 확인한 뒤 숙면을 취할 수 있었다. 다음 날 호텔 방을 나선 나는 시내를 돌아다니며 세 가지 준비물을 구했다. 첫 번째는 안경이었다. 묵인의 각막으로 세상을 보려 해도 매번 손에 들고 볼 수는 없는 노릇이었다. 불편할 뿐만 아니라 분실 가능성도 있고 무엇보다 꼴사나웠다. 그렇다고 묵인의 각막을 렌즈처럼 눈에 넣기엔 너무나 거부감이 들었다. 각막을 붙여놓을 거치대로 쓰기에 안경만한 게 없었다. 태어나서 처음으로 안경점에 가서 도수 없는 뿔테 안경을 맞췄다. 밝은 안경점 거울 앞에서 나를 비춰 보고 새삼스럽게 놀랄 수밖에 없었다. 오랜만에 본 내 얼굴은 한 달간 황당무계한 고생을 하도 많이 해서인지 몇 살은 더 늙어 보였다. 싸구려 뿔테 안경을 쓰니 그나마 낫게 느껴질 정도였다. 두 번째 준비물인 렌즈 보관함도 안경점에서 하나 얻어 왔다. 비상시를 대비해 각막 하나는 안경에 부착해 쓰고 다니고, 다른 하나는 렌즈처럼 보관할 생각이었다.

세 번째 준비물은 무기였다. 묵인들은 맨눈으로 보이지 않는다는 놀라운 장점 외에도 무서운 신체 능력을 지녔다. 태어난 지 90년이 넘은 십사남이나, 내 차에 숨어 있던 초등학생 정도 크기의 묵인조차 격투기 선수 같은 공격력을 보였다. 그들이 암살을 시도할 때 흉기를 사용하지 않아 그나마 다행이었다. 비록 저질 체력이지만 무기를 들고 상대한다면 나도 녀석들과 비슷하게 싸워볼 수 있을 것 같았다. 쓸 만한 무기를 찾아 남대문 상점들을 돌아다니다 캠핑용품점에 들어갔다. 거기서 칼날이 손잡이에 들어가는 날카로운 단도를 골랐다.

차에 돌아와 묵인과 싸울 무기들을 준비했다. 오른쪽 안경알에 묵인의 각막을 대고 두꺼운 포장용 테이프를 감아 단단히 고정시켰다. 깨진 안경을 억지로 붙여 쓰고 다니는 것 같은 우스운 모양새였지만 지금 내가 생각할 수 있는 최선의 방법이었다. 단도도 줄칼을 사용해 최대한 날카롭게 갈아 살상 무기로 바꿔 놨다. 묵인이 날 죽이려 덤벼든다면 나도 반드시 놈을 죽일 계획이었다. 어차피 존재도 알려져 있지 않은 투명인간을 죽인다고 감옥에 갈 리도 없으니까.

다음 행선지는 내 반지하방이었다. 마지막으로 들렀을 때 너무 놀라서 도망쳐 나온 나머지 옷가지 하나 못 챙기고 문단속조차 제대로 하지 못했다. 만약 아직까지 묵인이 그곳을 지키고 있다면 준비한 무기로 녀석을 해치울 각오도 했다. 하지만 오랜만에 찾아간 집은 마지막으로 본 모습 그대로였다. 안경 렌즈 너머로 곳곳을 살폈지만 다행히 묵인은 없었다. 나는 침착하고 신속하게 할 일을 해나갔다. 창문을 모두 잠가 문단속을 했고, 큰 가방에 쓸 만한 옷들을 주워 담았다. 집을 돌아 나오려던 찰나, 내가 챙긴 옷가지에서 뭔가가 떨어져 나온 것을 뒤늦게 발견했다. 기영의 집에서 발견한, 그가 내게 마지막으로 남긴 편지였다. 편지를 무심코 다시 열어보고 나는 깜짝 놀랐다. 묵인의 각막을 통해 보니 이전에 안 보이던 문장이 보였다. 줄 사이마다 마치 잉크를 직접 찍어 쓴 것 같은 글자가 적혀 있었다.

중남미 숲에는 투명 날개를 지닌 희귀한 나비종이 서식하고 있어. 그 나비의 명칭은 그레타 오토. 자유를 얻은 당신에게 그레타라는 이름을 지어주고 싶어.

문장의 의미를 알 수 없어 잠시 고민했지만 이내 그것이 내게 보내는 메시지가 아니라 기영이 사사녀에게 보내는 메시지라는 것을 알 수 있었다. 내가 사사녀를 도피시킨 뒤 이 편지가 그녀의 손에도 들어갔을 때를 고려해 적은 글이었다. 묵인의 각막으로만 보이는 이 글자는 무엇으로 쓴 것일까? 혹시 묵인의 체액? 약간 그로테스크한 장면이 떠올랐지만 기영에게는 그런 행동조차 어색하지 않아 보였다. 한 가지 애석하게도 이 문장을 읽을 그녀는 이미 세상에서 사라져 버렸다. 나는 왠지 울적해지려는 마음을 누르며 편지를 뒷주머니에 찔러 넣고 집을 나섰다.

이제 마지막 준비가 남았다. 땅에 파묻은 묵인의 시체에서 안구를 파내는 것보다도 꺼려지는 과정이었다. 나는 숙소에 도착한 뒤 핸드폰을 꺼내 전화를 걸었다.

"예전에 미안했다. 나 그동안 힘든 일을 많이 겪었거든. 우리 친구니까 나 좀 도와줄 수 있겠어? 부탁이다, 제발."

수화기 너머의 상대방은 얕은 한숨을 쉬며 시간을 끌더니 이내 득의양양한 목소리로 거만하게 대답했다.

"뭐, 들어나 보자. 부탁이 뭔데?"

"일단 만나서 얘기하자. 내일 낮에 너 일하는 데 근처로 갈게."

짧은 대화만으로도 왠지 모를 수치심이 들어 비위가 상했지만 억지로 마음을 다잡았다. 이 사명을 끝까지 해내겠다고 마음을 굳혔기 때문이다. 이미 묵인들의 살인 표적에 오른 내가 살길은 정면 돌파뿐이라는 것을 잘 알고 있었다. 하지만 단지 그것 때문만은 아니었다. 내가 연기를 배우겠다고 했을 때 유일하게 나를 응원해 줬던 친구가 기영이었기 때문이다. 이 며칠간 머리통이 끓는 주전자처럼 바글바글 수증기를 내뿜으며 터질 것 같던 와중에도 마지막까지 주전자 바닥에 남아 떠오르는 건 늘 그 순간이었다.

'잘하더라. 남들이 뭐라 해도 너 자신만 믿고 가.'

내가 유일하게 딱 한 편 출연했던 CF를 기억해 준 기영이 한 말이었다. 그래. 기영이가 분명 잘한다고 했었지. 난 마임 연기를 잘하니까 투명인간들과 싸우는 것도 잘할 거야. 몇 번이고 속으로 되새겼다. 가끔 사람은 작고 우스운 이유 하나만으로도 놀라운 용기를 낼 수 있다.

4장

제2
저목장

다음 날 정오, 나는 시내 중심가에 있는 호텔 커피숍 구석에 앉아 있었다. 한 잔에 만 원이나 하는 카페오레는 양도 적고 맛도 없었다. 그래도 다행히 보는 눈이 적었다. 나는 안경 케이스에서 뿔테 안경을 꺼내 쓰고 사방을 둘러봤다. 묵인 놈들은 없어 보였다. 곰곰이 생각해 보니 묵인의 생김새를 잘 모르는 나로서는 놈들이 보인다 해도 즉각적으로 반응하지 못할 것 같았다. 그래서 왼쪽 눈과 오른쪽 눈을 번갈아 감았다 뜨며 자세히 확인했는데, 아마 테이프 붙인 안경에 더해져 두 배로 띨띨하게 보였을 것이다. 왼눈에는 안 보이지만 묵인의 각막을 붙인 오른눈에 보이는 놈이 있다면 그놈이 묵인이다. 그때 시야에 한 남자가 불쑥 들어와 깜짝 놀랐다.

"안경 깨졌으면 새로 사지 추접하게 테이프를 감고 다니냐?"

내가 만나자고 불러낸 지훈이었다. 명품 정장을 입은 지훈은 한껏 바쁜 척을 하며 맞은편 자리에 앉았다.

"야. 내가 점심도 거르고 너부터 보러 온 거다. 고마워해."

"지훈아, 미안. 샌드위치라도 시킬래? 내가 살게."

"네가 사긴 무슨……. 나 어차피 요즘 1일 1식 하니까 됐어. 커피 하나 주문했어."

근처 정부 청사에 배치를 받았다는 지훈은 사무관님이라는 직함으로 사회생활을 시작했다. 본인의 바람과는 달리 녀석에게는 사회에서 진짜 갑질을 하며 위력을 떨치는 꼰대의 냄새는 아직 나지 않았다. 얼마 전 술에 취해 거들먹거리던 애송이의 모습 그대로였다.

"장례식장에선 미안했다. 너 오기 전에 술 많이 마셨거든. 그래서……."

"됐어, 새꺄. 못난 사람이 열등감 때문에 폭발하는 거, 이제부터 일상처럼 봐야 되는데 미리 예행연습 했다 칠게. 근데 부탁 있다며. 뭐냐?"

"저…… 내가 일정한 직업이 없다는 거 잘 알 거야. 배우라고 해봤자 오디션마다 떨어지는 지망생일 뿐이고. 주말 술집 알바로는 어디 가서 직업이라 하기도 힘들고."

"뭐야? 너 돈 필요하냐, 설마?"

"아니, 아니. 그런 거 아냐, 지훈아. 내가 친구들한테 생돈을 달라고 하겠냐. 거지도 아니고. 그런 게 아니라…… 나도 정당하게 일해서 돈 벌고 싶은데 스펙이 달리니까 어디 비빌 데도 없다, 요즘. 백수짓도 나이 서른 다 먹으니까 못 하겠더라."

부탁하는 입장에 너무 몰입해서인지 내 말투는 지나치게 비굴했고, 그런 나를 보는 지훈의 표정은 지나치게 거만했다. 예전부터 지훈은 속마음이 너무 투명하게 들여다보이는 나머지 그게 매력으로까지 여겨지는 녀석이었다. 지훈은 고개를 절레절레 저으며 인위적인 한숨을 내쉬었다.

"한수야, 홍한수. 그걸 이제 와서 깨달으면 어떡하니? 설마 몰랐던 거야? 내세울 게 없으면 아무 데서도 안 받아준다는 거, 고딩들도 다 아니까 지독하게 과외 받고 공부하는 거 아냐? 대학 가서도 그것 때문에 스펙 쌓는 거고. 모두에게 시간은 공평했어, 한수야. 이제 와서 사회 탓하는 건 아니겠지? 너 알면서도 한량처럼 살아왔잖아. 남들 피 토하면서 공부할 때 유학 가서 놀고, 유학 다녀와서도 놀고. 연기한답시고 놀고. 인생은 경쟁이고 세상은 전쟁터야. 난 한수 네가 다 알면서도 뚝심 있게 제 갈 길 간다고 생각해서 인정해 준 건데 이제 와서 남들처럼 번듯하게 살고 싶다고 하니까 솔직히 좀 실망이다."

청산유수로 쏟아지는 그의 훈계에 나도 모르게 입이 벌어졌다. 얘는 매일 잠들기 전에 이런 대사를 연습이라도 하는 걸까?

"미안하다. 내가 원래 철이 좀 늦게 드는 타입이잖아."

"동인이라고 우리 과 동기 있는데 걔가 이번에 스타트업 창업했거든? 거기라도 알아봐 줄게. 한 1년 최저임금 받고 인턴 생활 하다 보면 너도 배우는 게 있겠지."

"저…… 지훈아. 그런 자리 말고…… 가능하다면 그…… 너희 아버지…… 뭐시기 비서라든가 그런 자리는 없을까?"

"뭐? 홍한수 이 새끼 가관이네, 아주? 남들 한 계단씩 밟을때 너는 두세 계단씩 올라가고 싶다 이거지? 차관이 무섭긴 한가 보다 진짜."

"미안하다 지훈아. 내가 스펙이 필요해서 그래. 너희 아버지처럼 존경스러운 분 밑에서 일하면 다른 데 가도 알아주지 않겠냐?"

"너 우리 같은 사람 비서 아무나 하는 줄 아는 건 아니겠지? 관료 비서가 뭐 운전해 주고 편의점에서 담배 사다 주고 그런 것만 하는 사람 같아? 최소 인 서울 4년제는 나와야 돼."

"정식 비서일 필요 없어. 지, 진짜로 운전해 주고 담배 사다 주고 그런 것만 해도 돼. 돈은 물론 최저 시급만 받을게."

"하아 진짜. 성공한 게 죄다, 죄. 높은 자리에 있으면 주변에서 온갖 파리 떼 들러붙는다더니 내 동창까지 이러냐."

이 머저리 같은 새끼야. 성공한 네 아빠한테 들러붙은 파리 떼는 내가 아니라 투명인간 살인마들이라고. 보이지도 않는 놈들한테 길에서 객사당하게 생겼으니까 내가 옆에서 막아주려는 거라고. 짜증나는 네놈 아빠를 위해서가 아니라 나와 기영이를 위해서 하는 일이라고. 험한 말이 목 끝까지 치밀어 올랐지만 온 힘을 다해 다시 삼켰다. 지훈과 대화하면 할수록 점점 인내심이 사라졌다. 그래도 이를 꽉 깨물고 한 번 더 고개를 숙였다.

"사람 살리는 셈 치고 한 번만 부탁한다."

"뭐, 안 그래도 국산 관용차 지겨워서 개인 차 타고 싶다고 그랬는데……. 알아는 볼게. 한번."

지훈은 어딘가로 전화를 걸며 자리에서 일어났다. 귀에 핸드폰을 댄 지훈은 카페를 나가 로비 프런트까지 멀어졌다. 그 바람에 녀석이 누구와 어떤 통화를 하는지, 통화 상대에게 내 얘기를 어떻게 전달하는지는 전혀 들을 수 없었다. 20여 분이나 지나서야 지훈은 통화를 끝내고 자리에 돌아왔다.

"마침 비서 한 명 관둬서 구할 때까지 공석이래. 행운인 줄 알아. 그 친구 패기 있다고 아빠가 오늘 저녁에 한번 와보랬어. 우리 집 알지? 바보 같은 소리 말고 잘 보여야 돼."

"이야. 아버지 진짜 화끈하신 분이다. 나 진짜 잘해볼게!"

"아부 떨지 말고! 우리 아빠 그런 거 제일 싫어해. 그냥 자연스럽게 해."

이렇게 지훈 아버지와의 면접 일정이 잡혔다. 마지막 주의 시작인 26일 월요일. 당장 오늘 그의 아버지가 살해당한다 해도 무리가 아니었다. 제발 그런 일이 일어나지 않기만을 바라며 밤이 되기를 기다렸다.

내가 가진 옷 중 가장 단정해 보이는 정장을 입고 지훈의 아파트 단지에 들어선 시간은 오후 9시였다. 뿔테 안경으로 단지 이곳저곳을 훑는 것도 잊지 않았다. 조형물과 조경과 조명이 조화롭게 어우러진 분수대가 열 걸음마다 하나씩 나오는 단지는 호텔처럼 고급스러웠다. 묵인으로 보이는 존재들은 아직 눈에 띄지 않았다. 그래도 혹시 모르니 나는 안경을 지훈의 집 거실에 들어갈 때까지 벗을 수 없었다. 묵인이 벌써 집 안까지 잠입해 있다면 당장이라도 싸움을 시작해야 할지도 모른다. 당연히 단도도 뒷주머니에 차고 있었다.

창백할 정도로 하얀 여동생과 자애로운 인상의 어머니가 나를 반겨준 지훈의 집은 실내장식들도 하나같이 아름다웠다. 평균 시세 50억 원이나 되는 이 아파트에 전혀 어울리지 않는 테이프 감긴 뿔테 안경을 볼 때마다 지훈과 그의 가족들은 인상을 한 번씩 찌푸렸다. 다행히 집 안에는 지훈의 가족 외에 불청객은 아무도 없었다. 확인을 마친 나는 지훈의 아버지가 나오기 전에 재빨리 안경을 벗으려 했지만 타이밍을 놓쳐버렸다.

"지훈이 친구 한수라고 했나? 안경 멋있는데?"

베란다에서 화분에 물을 주고 나온 지훈의 아버지가 뒤에서 나를 부른 것이다. 나는 어정쩡하게 돌아서서 그와 악수를 하고 자리에 앉았다.

"이 자식 모양 빠지게 오지 말랬더니. 이 안경을 결국 쓰고
왔네."

"아냐, 괜찮아. 친구가 연기한다더니 인물이 좋은데."

행색이 부끄러워진 나는 재빨리 안경을 벗어 주머니에 집어
넣었다. 한국의 기재부 차관 차진구 씨가 내 앞에 마주앉아 있
는 상황이 새삼 낯설었다. 지훈의 아버지는 적어도 자식보다는
인자한 인상을 풍겼다. 지훈의 어머니가 빨간 비트 주스와 반으
로 자른 용과를 접시에 담아서 우리 앞에 내려놨다. 평소에는
구경도 잘 못 하는 희귀한 과일이었지만 회색 속살에 검은 씨가
잔뜩 박힌 용과의 단면을 보자 갑자기 묵인의 안구가 떠올라 메
스꺼워졌다.

"말씀 많이 들었습니다. 지훈이 아버님같이 훌륭한 분을 보좌
하는 일이 저한테 기회가 될 것 같습니다."

"겉치레 같은 말은 됐어. 나 그런 거 안 좋아하니까. 솔직히
20대 친구들이 기재부 차관 얼굴 검색이나 해봤겠어?'

나는 지훈 아버지의 얼굴을 다시 올려다봤다. 그의 온화한 미
소는 사실 데운 물에 담가놓은 면도날 같은 것이었다. 당기기만
한다면 그대로 얼굴이 베일 것 같은 긴장을 느꼈다. 그런 상대
앞에선 차라리 솔직해지는 것 외엔 도리가 없다.

"맞네요. 사실 지금 계신 부처가 뭐 하는 곳인지 관심도 없었

거든요. 제가 아버님 비서가 되고 싶다고 했을 때 지훈이가 그러더라고요. 한 번에 두세 계단씩 오르고 싶은 거냐고. 생각해 보니 그 말이 맞았습니다. 이 나이 먹고 남들처럼 한 계단씩 오르다간 답도 없을 것 같아서요."

"차지훈이 친구 홍한수 맞지? 솔직히 말하면 지금 한수는 실패한 삶을 살아온 거야. 비싸게 유학도 다녀오고, 돌아와서는 연기 학원도 다녔다고 하고…… 근데 결국엔 못 배운 사람도 다 할 수 있는 운전수 일을 하겠다고 온 거잖아? 한수는 인생이 왜 실패했다고 생각해?"

나는 듣는 사람을 미치게 만드는 지훈의 말투가 어디서 왔는지 근원을 알 수 있었다. 자신 밑에서 일을 하겠다고 온 사람한테, 더군다나 그 사람이 아들의 친구임에도 눈 하나 깜빡 않고 실패자라니. 보통 정신 상태로는 불가능한 일이다. 그는 이런 화법을 젊은이들에게 교훈을 주는 충격요법 정도로 생각하는 모양이었다. 나는 그렇게 생각할 수밖에 없었다. 말을 마친 지훈의 아버지가 내게 존경이라도 받아내려는 듯 근엄한 표정을 짓고 있었기 때문이다. 그래. 원한다면 장단을 맞춰드려야지. 내가 절박하게 일자리를 얻으러 온 사람이었다면 얼마나 비참한 기분이 되었을지 상상도 할 수 없었다. 그나마 평정심을 유지한 것은 내가 다른 목적으로 이 자리에 왔기 때문이다. 나는 덕분에 맘껏 입에 발린 거짓말을 할 수 있었다.

"실패라……. 맞습니다. 전 실패해서 여기에 왔구요. 왜 실패했는지 물으신다면…… 제가 참을성이 없어서 실패한 거죠. 전 뭐든지 진지하게 싸워야 될 때가 오면 도망쳤거든요. 유학도 도피 유학이었고, 생각해 보니 연기도 취직 안 돼서 도피하려고 한 거였고요. 앞으론 참을성과 용기를 기르겠습니다."

"그래도 한수 자네는 사람이 됐네. 만약 다른 대답을 했으면 여기서 당장 나가라고 했을 거야. 우리나라 사람들은 실패를 자기들 탓이라고 생각 안 하는 경우가 태반이거든. 나는 솔직히 민주주의? 다 거짓말이라고 생각해. 못난 사람들 표 받고 싶어서 '여러분 인생이 망한 건 사회 탓입니다.', '사회가 돈 퍼주겠습니다.' 이런 약속이나 하고서 권력 잡는 게 무슨 멍청이 놀음이야? 그런 하수들이 정권 잡아봤자 세상은 절대로 그렇게 안 가. 왜냐? 우리 전문가 집단은 그렇게 생각 안 하거든? 예산이라는 건 성공을 쟁취하려는 사람들한테 줘야 돼. 거지들 적선하는 게 재정 정책이 아니란 말이야. 내가 예를 하나 들어볼까?"

지훈의 아버지는 못 알아먹을 자신의 소신 얘기를 하느라 그 뒤로도 30분이나 혼자 떠들어댔다. 나는 적당히 고개를 끄덕이며 동의하는 추임새로 그의 흥을 돋웠다. '이봐요, 아저씨. 나 당신 목숨 구하러 온 사람이거든요? 그러니 마음 바뀌기 전에 헛소리 좀 줄이세요.'라는 말을 속으로 마흔 번쯤 되새겼을 때 지훈의 아버지는 말을 끝냈다.

"일단은 마음에 들어. 굳이 필요 없는 자리지만 지훈이 친구 경력 한 줄 만들어주려고 내가 선심 쓰는 거야. 내일 오전 6시에 주차장 입구에서 대기하고 있어."

결론은 다행히 합격이었다. 어쨌든 이로써 암살 타깃 옆에 머물 수 있다. 지훈의 집을 나와 현관문이 닫히는 소리가 들리고 나서야 나는 긴장이 풀려 다리가 휘청댔다. 그들은 사람의 혼을 빼놓는 분야에서만큼은 누구도 따라올 수 없는 판타스틱한 부자였다. 이런 진상들이 관료 자리에 앉아 있다니 우리나라도 생각보다 호락호락하지 않은 나라라는 생각이 들어 도리어 안심이 될 정도였다.

다음 날 아침, 약속대로 새벽 6시에 지훈의 집 주차장으로 나갔다. 지훈의 아파트에 어떤 무시무시한 사람들이 사는지는 주차장에서도 느껴졌다. 시야에 보이는 대부분의 차가 고가의 세단 아니면 스포츠카였고, 태어나서 처음 본 희한한 수입차도 세대나 있었다. 나처럼 대기하고 있는 운전사들도 대여섯 명이나 보였다. 약속된 6시를 한참 지나 7시가 다 되어서야 지훈의 아버지는 집에서 나왔다. 국산 관용차가 지겹다던 그의 차는 독일 자동차 회사에서 나온 육중한 SUV였다. 출근하는 내내 지훈의 아버지는 핸드폰을 가로로 붙잡고 인터넷 정치 방송만 봤다.

"인터넷 방송 보십니까? 취미가 건전하십니다."

"취미가 아니라 생계야, 생계. 성공도 어느 이상 하면 커리어로 올라가는 게 아니야. 정치로 올라가는 거지. 내 윗사람이 유력자가 되어야 우리 라인이 다 같이 출세하는 건데……. 멍석을 다 깔아놔도 이 양반이 선출직 나갈 결단을 못 내리니, 원."

그는 지금 자신의 자리보다 더 높은 곳으로 가고 싶어 안달이 난 사람처럼 보였다. 그가 그렇게까지 성공 지향적인 사람이 아니었다면 암살 명단에 오를 일도 없었을 것이다. 지훈 아버지의 직장은 허무할 정도로 집에서 가까웠기 때문에 긴 대화를 하기도 전에 도착했다. 전용 주차 칸에 주차를 마친 뒤 그의 가방을 들고 사무실까지 따라갔다. 지훈 아버지의 집무 공간은 큰 사무실 안쪽에 널찍이 마련되어 있었다. 팀 하나가 회의도 할 수 있을 것 같은 소파와 자료들이 비치된 긴 책장 안쪽에 넓은 책상이 있었는데, 다행히 바깥 사무실과 파티션 하나로 분리되어 있어서 소리가 다 들렸다. 사무실 천장 곳곳에는 CCTV도 있어서 안심이 되었다. 묵인 암살자가 살인을 결행하기에 결코 좋은 환경이 아니었다.

"5시 퇴근이니까 그때 맞춰서 오면 돼. 그사이에 심부름 시킬 거 있으면 부를 테니까 근처에서 대기하고."

나는 계단을 통해 최대한 천천히 내려오며 묵인이 숨어 있을 만한 곳을 체크했다. 화장실, 창틀, 계단참, 각 층의 회의실과 의미 없는 휴게실 공간들. 다행히 지훈의 아버지가 일하는 건물에 묵인은 보이지 않았다.

본격적인 업무를 시작한 뒤 내 일과는 단순했다. 건물 입구가 보이는 곳에 대놓은 차에 틀어박혀 몇 시간이고 묵인의 동정을 감시하다가 점심시간이나 하루 두어 번 정도 있는 외부 약속에 지훈 아버지를 데려다줬다. 지훈의 아버지는 종종 뒷좌석에서 내게 말을 걸어오긴 했지만 전부 자신의 성공론을 주입하려는 일방통행의 대화였다. 내가 한 일이라고는 운전하고, 듣고, 살피는 것뿐이었다.

그렇게 평화로운 3일이 지나고 나흘째에 접어들었다. 예고된 암살 기한인 말일이 가까워 왔지만 오히려 긴장은 풀어지고 있었다. 그사이 밀실 같은 고급 식당의 룸으로 지훈의 아버지를 안내하거나, 뒷산 산책로를 함께 걸을 때에는 잔뜩 긴장해 신경을 곤두세우기도 했었다. 내가 묵인이라면 살인을 결행하기에 안성맞춤인 타이밍라고 생각했을 터다. 하지만 그런 순간에도 묵인은 코빼기 하나 보이지 않았다. 적어도 살인 타깃을 감시하는 모습이라도 보일 줄 알았지만 그런 것조차 전혀 없었다. 눈에 보이지 않는 묵인들의 일에 관여한 이후 하루가 멀다 하고 찾아왔던 그 증세가 또 재발했다. 스멀스멀 올라오는 본질적인 의심과 회의감이었다. 사실 제3 저목장의 암살자들이라는 것은 과장된 얘기 아닐까? 사실 차관 암살 계획 따위 없는 건 아닐까? 사실 제2 저목장을 둘러싸고 국정원과 경쟁 중이라는 것도

망상은 아닐까? 내가 결국 아무것도 본 것 없이 허공의 목소리만 따라서 여기까지 왔다는 사실을 상기할 때마다 정신은 몽롱해지고 모든 게 거짓처럼 느껴졌다.

금요일의 마지막 공식 일정은 모 컨벤션 센터의 개관식이었다. 나는 늘 쓰던 뿔테 안경을 쓴 채 지훈의 아버지를 그곳에 데려다줬다. 지하 공연 홀에서 열리는 개관식은 지루한 대표자 인사와 지역 댄스 팀의 공연, 몇 건의 공모전 수상식이 결합된 행사였다. 지훈의 아버지는 그곳에 A4 용지 한 페이지 분량의 축사를 해주기 위해 초청받은 손님이었다. 그의 운전사가 된 지고작 나흘째였지만 나는 무료한 관료 사회의 분위기를 대충 느낄 수 있었다. 관람자보다 진행 요원이 훨씬 더 많은 사진 찍기용 행사에서 지훈의 아버지 역시 지루해하는 게 보였다. 관계자는 차관을 위해 마련된 개인 대기실에 우리를 안내했다. 검은 가죽 소파 두 세트가 마주 놓여 있고 테이블에는 간식거리가 비치되어 있었다. 지훈의 아버지는 소파에 앉자마자 목 받침대에 고개를 한껏 젖혔다.

"하이고~ 세금 줄줄 샙니다~."

지훈의 아버지조차 자조적인 말을 할 정도였다. 더군다나 행사 관계자가 창백한 얼굴로 대기실에 들어와 음향 장비 고장으로 행사가 30분 넘게 지연될 예정이라고 전했다.

"죄송합니다. 차관님. 행사 업체에서 음향 담당자가 이틀 전에 퇴사하는 바람에 의사소통이 안 됐답니다."

"에이 거참⋯⋯. 나야 괜찮지만 명색이 개관식인데 이렇게 오점을 남기면 쓰나⋯⋯."

"최대한 빨리 준비하겠습니다!"

지훈의 아버지는 너그러운 척 담당자를 다그쳤고, 담당자는 울상이 되어서 방을 나갔다.

"소파에서 좀 주무십쇼. 제가 곁에 있겠습니다."

"어, 누가 부르면 나 좀 깨워주고."

지훈의 아버지는 신발을 벗고 소파에 웅크려 누웠다. 그는 아들의 친구가 비서로 있다는 사실을 한순간도 불편해하지 않았다. 고등학생 시절 한 번 나를 만났었다는 사실도 전혀 기억하지 못할 것이다. 나 또한 그 얘기를 꺼낼 생각은 없었다. 그의 맞은편 소파에 앉은 나는 잠시 핸드폰을 들여다보다 목이 뻐근해져서 기지개를 켰다.

그리고 나는 태어나서 한 번도 못 봤던, 상상조차 할 수 없었던 기묘한 장면을 보았다.

내 정수리 위에 누군가가 거꾸로 서 있었다.

그것은 양다리를 안테나처럼 쫙 펼쳐 벽과 천장을 지탱한 채 고개를 내 쪽으로 늘어뜨리고 있었다. 도저히 형언할 수 없는 모습의 생물이었다. 사람이 아니라는 것만은 너무도 분명하게 알 수 있었다. 어깨와 가슴, 팔과 다리의 근섬유 모양을 그대로 본뜬 것 같은 회색 줄무늬 껍데기가 몸통을 싸고 있었다. 옥수수를 감싼 마른 옥수수 잎 같은 형태로 몸을 휘감은 모양새였다. 순간적으로 벌레의 질감이 떠올랐지만 곤충보다는 훨씬 더 기하학적인 곡선을 지니고 있었다. 손과 발은 거북이나 악어의 손발처럼 생물의 살이라기보다는 돌조각 같았다. 기괴한 껍데기에 싸이지 않은 부위는 머리밖에 없었다. 털이 없는 둥근 머리통에는 얼룩 같은 큰 점들이 있었고, 사람의 것보다 1.5배는 커 보이는 양쪽 눈도 점박이였다.

눈앞에 펼쳐진 광경이 눈으로는 들어왔지만 뇌로는 사고할 수가 없어 그저 한참 동안 그것을 보고 있었다. 그리고 직감적으로 느낄 수 있었다. 이것은 묵인이라고. 십사남에게 전해들은 무시무시한 묵인 살인마, 오십녀라고. 오십녀는 눈을 감은 채 흉측하게 얼굴을 찌그러트리며 자신의 입에서 뭔가를 꺼냈다. 체액에 뒤덮인 엄지손가락 정도 크기의 아주 작은 주사기였다. 머릿속에서 수많은 생각이 오갔다. 어떻게 저런 자세로 천장에 서 있을 수 있을까. 이런 괴물이 언제부터 이 방에 들어와 있었을까. 화장실과 소화전을 살필 생각은 했어도 왜 내 머리 위를 살필 생각은 못 했을까. 그러던 중 오십녀도 고개를 똑바로 쳐들고 나를 빤히 쳐다보기 시작했다. 괴물과 눈이 마주쳤다는 것을 깨달았지만 뒷주머니에 숨기고 온 단도를 떠올릴 수조차 없었다. 아래턱이 저절로 발발 떨려왔다. 오십녀도 내가 자신을 보고 있다는 것을 알아챈 듯했다. 흉측한 눈빛이 내 동공을 찢고 들어와서 심연에 있는 영혼까지 꿰뚫고 있다는 느낌이 들며 심장이 차갑게 식어갔다. 투명인간? 아니 이것은 인간이 아닐 것이다. 생물도 아닐 것이다. 그 자체가 지옥이다. 눈으로 봐선 안될 것을 보려 한 내게 신이 보여준 지옥이다.

"아악!"

내 몸이 처음 보인 반응은 당연하게도 비명이었다. 곧이어 오십녀는 천장을 발로 구르며 쫙 찢고 있었던 다른 발을 가위처럼 교차하여 내 얼굴을 향해 발꿈치를 내리쳤다. 본능적으로 팔을 올려 막았지만 발차기의 엄청난 위력 때문에 몸이 바닥에 내동 댕이쳐졌다. 팔이 부러질 것 같은 통증에 한 번 더 소리를 질렀다. 내가 바닥을 한 바퀴 구르고 나서 쳐다봤을 때 오십녀는 소파 위에 서서 나를 내려다보고 있었다. 그녀의 키는 대충 가늠해도 나보다 커 보였다.

"네가 오십녀지……?"

"왜 내가 보이지?"

오십녀의 목소리는 허스키하고 낮으면서도 찢어질 듯한 고음이 섞인 섬뜩한 소음이었다. 나와 대화할 의도로 던진 말은 분명히 아니었다. 그녀에게 대화 따윈 필요하지 않아 보였다. 나는 테이블 위에 있던 과자 접시를 오십녀에게 던지고 뒷걸음쳐서 지훈 아버지를 등으로 가렸다. 그가 죽지 않게 지켜야만 했다. 오십녀는 팔을 휘둘러 과자 접시를 쳐냈고 과자들은 사방으로 흩어졌다.

"아니 웬 소란이야!"

나는 뒷주머니에서 단도를 꺼내 오십녀를 향해 칼날을 보여줬다.

"살려주세요! 차관님 대기실! 도와주세요!"

고함을 치며 밖을 향해 구조 요청을 하는 것도 잊지 않았다. 낮잠에서 깬 지훈의 아버지에게 이 장면은 어떻게 보일까? 묵인의 각막이 없어 오십녀를 볼 수 없는 그에게는 납득이 가지 않는 황당한 순간일 것이었다.

"웬 소란이냐고! 뭘 도와달라는 거야! 카, 칼…… 칼은 또 뭔데!"

설명할 말이 단 한마디도 떠오르지 않았다. 그가 제발 가만히만 있어주기를 속으로 비는 수밖에 없었다. 이 모든 상황을 오십녀는 소파 위에 선 채로 묵묵히 내려다봤다. 그녀는 아주 숙련된 킬러처럼 당황한 기색 하나 없이 나를 관찰했다. 그녀와 나 사이의 거리는 고작 2미터 정도. 세 걸음이면 단숨에 좁힐 수 있는 거리였다. 오십녀는 주먹 쥔 오른손으로 소형 주사기 몸체를 감싸고 있어, 손가락 사이로 바늘 하나가 삐져나온 게 보였다. 주사기는 눈에 보이는 인간 세계의 물건이 확실했다.

그래서 오십녀는 자신의 식도에 그것을 넣어 보이지 않게 운반해 온 것이고. 지금 손에 들고 있는 주사기의 바늘 부분은 분명히 지훈 아버지의 눈에도 보일 거라는 데 생각이 미쳤다.

"차관님. 저 허공에 떠 있는 바늘 보이세요?"

"바늘이 떠 있긴 뭐가 떠 있다고! 자꾸 헛소리할 거야!"

보이지 않는 존재를 안 믿는 사람의 눈으로 저 얇은 주삿바늘을 발견하기란 불가능에 가까워 보였다. 다른 수단을 써야 했다. 보호하는 대상이 위협을 인지하기만 해도 암살 시도를 저지하는 일이 훨씬 수월해질 것이다. 나는 고개를 돌려 칼날을 지훈 아버지에게 보였다.

"다치고 싶지 않으면 내 뒤에 꼭 붙어 있어요!"

"너, 너 지금 차관을 협박……!"

내가 다시 고개를 돌려 앞쪽을 보려던 찰나, 배에 묵직한 통증이 느껴지며 몸이 공중에 떠올랐다. 그 한마디를 하는 사이 오십녀가 달려들어 오른 다리로 내 배를 힘껏 걷어찼다. 소형차에 치인 것 같은 충격이 전해지며 몸이 소파 옆쪽으로 쓰러졌다.

"우아악! 뭐야! 왜 날아가!"

내가 고개를 들었을 때 지훈의 아버지는 폴짝 뛰어올라 소파 위에 두 발로 서 있었다. 내가 날아가는 걸 보고 과도하게 촐싹대며 반응한 바람에 그의 목을 노렸던 오십녀의 주삿바늘은 소파 등받이에 꽂혔다. 나를 너무 세게 걷어찬 나머지 암살 대상이 본의 아니게 공격을 피한 꼴이었다. 공격이 빗나간 오십녀는 얼굴을 일그러뜨리며 고개를 돌려 지훈 아버지를 쳐다봤다. 정말로 지옥 같은 얼굴이었다. 입에는 입술이 없어, 피라냐 같은 무시무시한 이빨이 정면에서 다 들여다보였다. 나는 바닥에 떨어뜨린 단도를 집어서 오십녀에게 무작정 던졌다. 던진 내가 보기에도 칼날은 정확한 각도로 오십녀의 머리를 향해 날아갔다. 순전히 운이었다. 오십녀는 고개를 젖히며 어깨로 칼날을 막았다. 챙! 금속음 같은 소리가 나며 단도의 칼날이 오십녀의 어깨 껍데기 부분에 그대로 박혔다.

"히익! 칼! 칼이!"

오십녀의 몸이 보이지 않는 지훈의 아버지에게는 단도가 자신의 눈 바로 앞에 떠 있는 셈이었다. 지훈의 아버지는 그 모습에 더 놀랐는지 스프링처럼 소파에서 튕겨져 나오며 대기실 문을 향해 뛰어갔다. 그가 오십녀의 모습을 볼 수 없는 것이 차라리 다행이었다. 그녀의 무시무시한 얼굴을 봤다면 패닉에 빠진 나머지 지금처럼 재빨리 행동하진 못했을 것이다. 오십녀는 타깃을 놓치지 않으려 테이블을 밟고 지훈의 아버지를 향해 뛰어올랐다. 어디서 그런 괴력이 솟아난 걸까. 나는 몸을 일으켜 그런 오십녀를 공중에서 잡아챘다. 내 팔에 휘감긴 오십녀가 바닥에 떨어지며 우리는 같이 굴렀다. 나는 사사녀가 가르쳐준 급소를 다시금 기억해 냈고, 굽힌 손가락 마디를 이용해 오십녀의 명치를 찔렀다.

"크윽!"

오십녀는 고통스러운 듯 신음을 뱉어냈다. 나는 오십녀의 몸 위에 올라타 어깨에 박힌 칼날을 빼내 그녀를 찔렀다. 확실한 승기를 잡았다고 생각했다. 하지만 내가 찌른 칼끝이 오십녀의 명치를 약 1센티미터 정도 파고든 순간 오십녀의 주먹이 내 얼굴을 강타했다. 준비 동작도 없이 누운 자세에서 곧바로 뻗은 펀치였지만 망치에 강타당한 것처럼 강렬한 한 방이었다. 나는 뒤로 구르며 발라당 자빠졌고, 내 몸에서 떨어져 나온 단도와 뿔테 안경이 멀리 날아갔다. 망할. 오십녀가 다시 시야에서 사라져 버렸다. 곧이어 대기실 문이 열리는 소리가 들렸다. 이미 방을 뛰쳐나간 지훈의 아버지를 뒤쫓으러 오십녀가 밖으로 나간 것이었다. 나는 재빨리 안경과 단도를 주워 들고 방문을 열고 나갔다. 고개를 돌리자 복도 끝의 비상구 출입문이 저절로 닫히는 모습이 보였다. 오십녀는 도망친 걸까? 아니면 지훈의 아버지를 죽이기 위해 쫓아간 걸까? 내가 반대쪽 복도로 고개를 돌리자 다행히 지훈의 아버지는 멀쩡한 모습으로 그곳에 서 있었다. 지훈 아버지 주변으로 행사 담당자와 안전 요원들 대여섯 명이 함께 서 있었다. 나는 가슴을 쓸어내렸다. 다행이다. 암살을 막았다. 내가 어떻게 그런 괴물을 상대해 냈는지 실감이 나지 않았다. 오십녀 입장에서는 자신의 모습을 볼 수 있는 인간이 암살 대상 옆에 있으리라고는 전혀 상상 못 했기에 허를 찔렀을 것이다. 그 의외성이 아니었다면 우린 이미 오십녀에게 죽었겠지. 어쨌거나 나는 자랑스럽게도 살아남았다. 암살을 막은 1급 비서이자 시민 영웅이라도 된 것 같은 뿌듯한 기분으로 지훈 아버지에게 말을 걸었다.

"괜찮으셨어요?"

"너 때문에 안 괜찮지, 이 미친놈아!"

아차. 나는 그제야 뒤늦게 상황 파악이 됐다.

지훈의 아버지를 비롯한 모든 행사 관계자들이 똥물이 흘러넘치는 변기라도 보는 표정으로 나를 노려보고 있었다. 질책과 혐오, 역겨움이 한데 뒤섞인 얼굴들이었다. 하긴, 지훈 아버지에게는 내가 칼을 들고 혼자 사방으로 브레이크댄스를 추는 미치광이로밖에 안 보였을 것이다. 변명할 말도 없었다. 투명인간이 당신을 죽이려 했다고? 병원에 보내져 정신감정을 받게 될 뿐이겠지.

"마, 마약했지, 너!"

나는 그때까지 오른손에 들고 있던 단도의 날을 접은 뒤 뒷주머니에 집어넣었다. 그 단순한 동작에도 지훈 아버지 뒤의 관계자들은 일제히 놀라며 뒷걸음쳤다.

"제가 마임 전문 배우거든요. 이틀 뒤에 오디션을 앞두고 있습니다. 마임극 연습을 실감나게 하려다가 그만⋯⋯."

"당장 꺼져!"

그 한마디로 나는 해고당했다. 차라리 속이 후련했다. 오십녀
가 빈틈을 노렸다가 다시 달려들지도 모를 일이지만 내게는 그
것까지 신경 쓸 경황이 없었다.

컨벤션 센터 앞까지 나왔을 때, 온몸이 저릿해져 오는 통증
이 뒤늦게 찾아왔다. 오십녀의 발에 맞은 옆구리가 콕콕 쑤셔왔
고 오십녀의 주먹에 맞은 코와 입술에선 피가 줄줄 흘러나왔다.
도와줄 사람조차 떠오르지 않았다. 나는 비틀대며 간신히 택시
를 잡아타고 응급실로 향했다.

"어디 복싱 선수한테 맞았나 보네. 갈비뼈에 살짝 금까지 가
고. 신고는 했어요?"

의사는 내 상태를 걱정하면서 말했다. 두개골과 갈비뼈 사진
몇 장을 찍은 뒤 나는 입원 처분을 받게 되었다. 얼굴에 덕지덕
지 바른 밴드와 가슴에 두른 늑골 보호대 때문에 제대로 숨도
쉬기 힘든 상태로 병상에 누워 천장을 보니 괜스레 서글퍼졌다.
그래도 아직 할 일이 남아 있다. 나는 넘어가지 않는 병원 밥을
꾸역꾸역 넘긴 뒤 휴게실에 가서 지훈에게 전화를 걸었다. 금요
일 밤이 깊어가는 시각이었다.

"지훈아. 아버지 무사하시지?"

"야. 이 또라이 새끼야. 당연히 무사하지 않지. 너 칼 들고 미

친놈처럼 발광 떨었다면서? 우리 아빠가 얼마나 널 배려해서 만들어준 자린데 거기다가 코를 풀어버리냐? 난 네가 이렇게 사리 분별 못하는 놈인 줄 몰랐어. 뭐? 마임? 아주 똥을 싸고 자빠졌다, 이 새끼야. 미친놈 짓거리해서 광고 하나 찍으니까 네가 뭐 대스타라도 된 줄 알았어? 언제 망상증에서 빠져나올래?"

다행히 지훈의 아버지는 2차 습격을 당하지는 않은 모양이었다. 하지만 지훈은 대화가 안 통할 정도로 흥분해 있었다. 늘 그랬듯이 일방적으로 쏟아내는 지훈의 말을 듣다 보니 온건한 방식의 설득은 자연스럽게 포기했다.

"지훈아, 근데 내 입장에서도 억울한 게 있지 않겠어?"

"억울은 미친놈 소리 하고 자빠졌네. 네가 억울해?"

"나도 열심히 일했는데 최저 시급도 못 받고 해고 절차도 없이 일방적으로 잘렸단 말이지. 아버지께 그거 하나는 만나서 말씀드려야겠어."

"돌았구나, 완전? 미쳤구나, 완전? 누굴 만나겠다고?"

"나오실 때까지 너희 아파트 입구랑 주차장 지키고 있을게. 꼭 아버지 만나서 말씀드려야겠어."

"어떻게 그런 개떡 같은 발상을 하지? 너 인간 맞냐? 우리 아빠 만날 생각 꿈도 꾸지 마. 너무 충격받아서 지금 골프 약속도 다 취소하고 주말 내내 집에만 계실 거니까!"

지훈의 말투는 끝까지 모욕적이었지만 전화를 끊고서 조금 안심했다. 주말 내내 지훈의 아버지가 집에만 틀어박혀 있다면 오십녀가 암살하기도 한층 어려울 것이다. 그렇게 되면 이번 달 마지막 날까지 지훈의 아버지를 살려둔다는 내 미션도 성공하는 셈이다. 그래도 끝까지 방심할 수는 없었다. 나는 감시가 소홀한 틈을 타 입원실에서 야반도주를 감행하기로 했다.

새벽 2시. 일상복으로 갈아입은 뒤 택시를 타고 지훈의 아파트 단지로 향했다. 첫 관문인 지문 인식형 출입문으로 들어가기 위해 주차된 차량 사이에 숨어 기다리다가 사람이 나올 때 재빨리 뛰어가 자동문 안쪽으로 들어갔다. 엘리베이터를 타고 최고 층까지 올라간 뒤, 각 층마다 숨어 있는 묵인이 없는지 체크하며 계단으로 내려왔다. 걸을 때마다 금이 간 갈비뼈가 콕콕 쑤셨지만 늑골 보호대 하나만 믿으며 천천히 내려왔다. 이 상황에서 오십녀와 싸움이라도 벌어지면 승산이 없다는 것은 물론 잘 알고 있었다. 나는 싸울 각오로 온 게 아니었다. 그녀와 마주친다면 최대한 빨리 도망친 뒤 아무 집 벨이나 누르고 도움을 요청할 생각이었다. 소란이 벌어질수록 '암살'이라는 놈들의 목표와는 멀어질 테고, 이는 이미 컨벤션 센터에서 확인했다. 펀치를 먹여 날 떨쳐내고 복도로 나갔을 때, 오십녀는 무리하면 얼마든지 지훈의 아버지를 죽일 수 있었다. 하지만 모여 있는 사람들을 보고 단념했을 것이다. 아파트를 빠져나온 뒤에도 나는 한동안 단지를 산책하며 오십녀를 찾았지만 그녀는 보이지 않왔다. 지훈은 내가 이 야심한 시각에도 자신의 아버지를 지키기 위해 물심양면으로 애쓰고 있다는 사실을 모를 것이다.

아파트 단지를 나와 대로변에서 택시를 잡으며 뒷주머니에 넣어둔 단도를 꺼내봤다. 묵인의 각막을 통해 칼날을 보니 아이보리색 얼룩이 묻어 있는 것이 보였다. 오십녀의 피였다. 나와의 싸움에서 그녀는 어깨를 찔렸고, 급소인 명치에도 칼끝이 들어갔다. 어쩌면 오십녀는 생각보다 큰 부상을 입어서 이곳에 나타나지 않는 건 아닐까? 택시를 잡는 것도 잊은 채 복잡한 생각에 빠져 핏자국을 바라보고 있었다. 은은한 백열등 불빛처럼 따뜻한 색으로 빛나는 자국은 흉측한 오십녀의 몸에서 나왔다고는 상상할 수 없을 만큼 아름다웠다. 문득 사사녀가 떠올랐다. 이제는 볼 수 없지만 살아생전의 그녀는 어떤 모습이었을까? 오십녀처럼 두렵고 무시무시한 외형이었을까? 그녀의 생김새를 알고도 그만큼 가까워질 수 있었을까?

병원에 돌아와 눈을 붙였을 때는 새벽 3시였다. 외출복을 입은 그대로 곯아떨어졌지만 잠을 자는 동안 근육통이 더욱 심해져서 깊게 잘 수 없었다. 이른 아침에 눈을 떴을 땐 머리맡에 한 중년 여자가 돌아앉아 핸드폰 게임을 하고 있었다. 엄마였다. 사과를 깎거나, 황도 통조림이라도 까서 먹으라고 깨우지 않고 혼자 핸드폰 퍼즐 게임을 하고 있는 모습이 나를 오히려 안심시켰다.

"우리 집 장남 홍한수 씨. 어쩌다가 이 지경에 이르렀습니까?"

엄마는 내 얼굴을 보지도 않은 채 체념한 말투로 물었다. 나는 더 마음이 놓였다. 그래서 눈 딱 감고 이 모든 걸 말해버리고 싶은 충동이 들었다.

"투명인간을 만났어. 아주 오래전부터 이 세상엔 투명인간들이 인간이랑 섞여 살았는데, 지금은 나쁜 새끼들 때문에 노예 상태로 잡혀 있대. 그 사람들이 자유를 얻고 싶어 해서, 내가 대신 싸워주고 있는 거야."

그게 무슨 헛소리냐, 나이는 똥구멍으로 처먹었냐며 등짝이라도 맞고 싶어서 꺼낸 말이었다. 엄마가 다그치는 소리를 들으면 이 모든 복잡한 생각이 일거에 정리되고 평온한 일상으로 돌아갈 것만 같았다. 하지만 엄마는 정말로 이상한 말로 되받아쳤다.

"넌 아주 어렸을 때부터 그렇게 이야기 지어내는 걸 좋아했어. 이야기꾼이었지. 네 얘기를 가만히 듣다 보면 언제나 너 자신이 주인공이더라. 거짓말인 게 빤히 보여도 나는 애가 상상 속에선 대단한 모험을 하고 있구나 생각했어. 이번 모험만 끝내면 좀 멀쩡하게 살자, 근데."

순간 귀가 멍해져서 아무것도 들리지 않았다. 말문이 막힌다는 건 이런 걸까.

"어, 알았어."

"병원비는 엄마 카드로 결제했으니까 눈치 보지 말고 푹 쉬다

나와라. 망할 것. 흥."

엄마는 피식 웃으며 자리에서 일어났다. 엄마의 뒷모습을 보는 동안 수면 부족 때문에 찾아왔던 오한이 가라앉는 걸 느꼈다. 병실 온도가 1도쯤 올라간 것처럼 몸이 따뜻해지고 머리가 노곤해졌다. 큼직한 병상 베개에 고개를 눕힌 뒤 핸드폰으로 인터넷 뉴스들을 확인했다. 밤새 기재부 차관이 자택에서 의문사했다는 속보는 없었다. 조회 수 1위 기사는 걸 그룹 멤버의 갑작스러운 결혼 소식이었다. 나는 세상의 평화를 확인하고는 편안히 잠을 청했다. 벗어놓은 안경과 핸드폰을 어디에 두었는지도 잊은 채 깊은 잠에 빠져들었다.

"홍한수 환자분. 의식이 드세요?"

잠에서 깨었을 땐 몹시 밝은 조명이 눈 위에서 떨어져 내리고 있었다. 나는 눈을 찌푸리며 주위를 살폈다. 팔에 링거 바늘이 꽂혀 있었고, 수술용 마스크를 착용한 의사가 나를 내려다보고 있었다.

"에? 뭐예요, 여긴?"

"수술 일정 잡혀 있었잖아요. 오래 걸리진 않으니까 안심하시고요. 자, 이제 약 들어갑니다."

팔에 꽂힌 링거를 통해 주사액을 주입한 모양이었다. 시야가 하얗게 변하며 머릿속이 그 어느 때보다 편해졌다. 희미해져 가는 의식 속에서 순간 의문부호 하나가 강하게 떠올랐다.

"잠깐. 나 수술 안 잡혀 있었는데?"

다시 눈을 떴을 땐 여전히 의식이 몽롱했다. 아직 수술실에 있는 것 같았다. 하지만 수술실에 전혀 어울리지 않는 낯선 소리가 들려왔다. 부르릉 진동이 가라앉는 소리. 큰 차의 시동이 꺼지는 소리였다. 곧이어 회색 정장을 입고 금테 안경을 낀 깡마른 남자가 시야에 나타나 나를 내려다봤다. 방금 전 나를 마취시킨 그 의사였다.

"저기요. 제가 무슨 수술을 받았어요?"

"이제 곧 받을 거예요. 아까는 이동하려고 약한 마취를 했던 것뿐이죠."

"저 수술 얘긴 못 들었는데……. 선생님 성함이 뭐예요? 어느 과 소속이세요?"

"주용백. 아람 목재 대표입니다."

아람 목재라는 이름을 듣는 순간 내가 와선 안 될 곳에 왔다는 사실을 깨달았다. 수술실도 병원도 아니었다. 나는 누운 채로 납치되어 온 것이다. 어떻게 그럴 수가 있었지? 병원에는 보는 눈도 없었나? 일단 몸을 일으키려 했지만 불가능했다. 내 몸은 구속 침대에 묶여 있었고, 약 기운 때문에 몸부림칠 힘도 나지 않았다. 젠장. 가슴속 깊은 곳에서 후회와 탄식이 밀려왔다.

내가 할 일이 끝났다고 생각하고 탁 트인 병실에 누워 안일하게 마음을 놔버린 것이 문제였다. 지금 싸우고 있는 상대가 투명인간을 보내 아무렇지도 않게 사람을 죽이는 무서운 자들이라는 사실을 까맣게 잊었다. 내가 그들의 발목을 잡았다면 그들 역시 내게 보복할 것이라는 생각을 당연히 해야 했는데.

"나한테 왜 이래요? 납, 납치한 거예요? 우리 엄마가 곧 온다고 했어요! 병원에서 다 알고 있다고요!"

주용백이라는 남자는 소용없는 저항은 하지 말라는 듯, 가만히 내 가슴에 손을 얹고 나를 진정시키려 했다. 그는 눈빛이 몹시 날카로웠다. 눈을 마주친 것만으로도 내 속마음이 다 읽히는 것 같아 겁이 났다.

"채기영의 인간관계는 완벽히 파악했다고 생각했는데, 넌 어디서 튀어나왔지?"

"기, 기영이랑 무슨 사이예요? 난 그냥 고등학교 동창이란 말이에요."

"채기영은 내 대학 후배야. 목재 회사를 운영한다면서 과 후배들을 물색하긴 했지만 실상 하는 일은 전혀 다르니…… 말잘 통하는 놈을 고르는 게 중요했어. 일을 시키려면 후배들 중에 제일 똑똑하고, 누구보다 고립되어 있고, 길들이기 쉬운 녀석을 골라야만 해. 지금까지 내 눈은 틀리지 않았어. 아람 목재 사원들은 늘 실수 없이 일처리를 해왔고 난 최고의 대우를 했어. 채기영 하나만이 끔찍한 실수였지."

"기영이한테 무슨 짓 한 겁니까? 걔를 죽였어요?"

"이미 죽은 사람한테는 하나도 중요하지 않은 질문이지. 중요한 질문은 이런 거야. 우리는 묵인을 어떻게 받아들여야 하냐는 거. 너도 묵인을 본 적 있지? 그걸 뭐라고 생각하나?"

침상에 묶여 이 남자와 철학적인 얘기를 나누는 건 소름 끼치도록 싫었다. 있지도 않은 폐쇄 공포증이 밀려와 미칠 것만 같았다.

"아, 제발. 이거나 풀고 좀 말해요!"

"난 그것들을 신이라고 생각해. 태초부터 우리 곁에 존재해 온 목소리. 인간 곁에서 온갖 기적을 행해온 손길. 하지만 인류의 운명은 험난하지. 어느 날 신을 초월해 버린 인간의 고독을 이해하겠니? 현생인류는 받아들이기 힘든 사실이야. 그래서 우리처럼 신을 모시는 사제들이 세상에는 필요한 거고."

미친놈. '너 따위한테 사육당하는 게 신이겠냐?'라고 내질러 주고 싶었지만 입 밖으로 나오진 않았다. 주용백은 자아도취에 중증 과대망상 같은 말을 끝낸 뒤 내 옆자리에서 일어섰다. 그러자 나를 속박하고 있던 구속 벨트가 저절로 풀리며 뭔가가 양쪽에서 내 몸을 일으켜 세웠다. 그래, 놈은 묵인을 조종하는 인간이지. 이럴 때 내 안경은 어디에 있는 걸까.

주용백이 문을 열고 나가자 익숙한 건물이 눈에 들어왔다. 전에 기영의 이력서를 보고 찾아왔던 아람 목재의 주소지, 금동빌딩이었다. 사방이 공사용 천막으로 막혀 있는 텅 빈 주차장 한가운데에 나를 태운 승합차가 서 있었다. 주용백은 앞장서서 금동빌딩의 후문으로 걸어 들어갔고, 나를 부축한 묵인들이 짐짝 운반하듯 나를 들고 따라갔다. 마취약이 채 깨지 않은 나는 그저 놈들의 팔에 의지해 끌려갈 수밖에 없었다.

주용백은 내가 405호를 찾을 때처럼, 비상계단으로 한 층, 한 층 올라갔다.

"네가 차진구 암살을 막아서 우리 회사에 큰 타격을 줬다고 생각하나? 이 실패로 내가 경질되면 그 틈을 노려서 도망치려고 했겠지. 너희 계산은 빗나갔어. 국면이 완전히 바뀌었거든."

주용백은 내가 정보를 어디까지 얻었고, 어떤 목적으로 행동했는지를 모두 꿰고 있었다. 다 알고도 어떻게 그리 자신만만한지가 정말로 궁금했다.

"묵인들이 인간만큼 번성하지 못한 건 생식 때문이야. 강제 교배를 아무리 시도해도 대부분이 실패였어. 하지만 우리도 가만히 있던 건 아니야. 지구에 존재하는 모든 포유류의 성호르몬과 발정 유발 물질로 놈들을 실험해 왔어. 의외로 놈들은 식물 호르몬과 곤충 호르몬에 반응했어. 열 종의 나무와 일곱 종의 벌레에서 추출한 호르몬으로 황금 배합을 찾아냈지. 그리고 보름 전에 드디어 묵인 번식종을 만드는 데 성공했다. 묵인 대량 생산의 시대가 온 거야. 고작 몇십 마리 묵인을 숨기느라 전전긍긍할 필요가 없게 된 거지. 방해가 되는 저목장은 이제 본보기로 없앨 거다."

주용백의 말을 듣고 있자니 놀라움보다 역겨움이 더 크게 밀려왔다. 갑자기 멀미가 날 듯 속이 울렁거렸다. 그사이 주용백과 나는 건물 3층에 도착했다. 주용백은 잠긴 철문을 열고 철거 상태나 다름없는 휑한 3층에 들어섰다. 아람 목재의 주소는 분명히 405호였는데, 3층에는 대체 무슨 일로 들어온 걸까. 주용백은 텅 빈 3층의 한가운데로 나를 데리고 갔다. 그리고 믿기지 않는 놀라운 광경이 펼쳐졌다. 주용백의 몸이 천천히 공중에 떠올랐다. 그는 공중을 걷고 있었다. 묵인들도 주용백의 뒤로 나를 이끌었다. 발바닥에서 평생 경험해 본 적 없는 신기한 촉감이 느껴졌다. 보이지 않지만 그곳에 계단이 있었다. 겉은 딱딱하지만 속은 유연한, 밟는 순간 살짝 내려앉는 반동이 느껴지는 그런 계단이었다.

"죽은 묵인들의 뼈로 만든 계단이야. 아름답지 않나? 난 여기를 오를 때마다 신을 만나는 기분이야."

계단을 한참 오른 주용백의 정수리가 천장에 닿을 것처럼 가까워지자 천장이 가로로 스르륵 밀리며 저절로 열렸다. 그곳에 공간이 있었다. 들어갈 문이 없는 405호에 어떻게 사람이 들어가 있었는지, 그 비밀을 깨닫는 순간이었다. 나도 묵인들의 부축을 받고 405호로 들어갔다.

투명 계단을 밟고 올라선 405호 내부는 스무 평 정도 되어 보였다. 온통 나무 재질의 물건들만 가득 찬 풍경이 낯설었다. 들어서자마자 진한 소나무향이 코 점막을 찔러 머리가 어질해졌다. 언뜻 아늑한 별장처럼 보일 수도 있지만, 하나하나 자세히 뜯어보면 이상한 것들뿐이었다. 수평으로 나란히 놓인 의자와 침대에는 모두 구속 벨트가 부착되어 있었고 날카로운 갈고리가 여러 개 달린, 도무지 용도를 알 수 없는 나무 기둥들도 여러 개 서 있었다. 앤티크한 취향의 사디스트가 만든 고문실이라고 표현하면 딱 맞을 것 같았다.

묵인들은 내 양팔을 잡아 나무 의자에 앉히고 벨트를 단단히 묶었다. 나는 사무실 사방을 막고 있는 불투명 창을 쳐다봤다. 분명 이 건너편 사무실에서 나는 사람의 그림자를 마주친 적이 있었다. 그 사람이 바로 이 남자, 주용백이었을까. 그때의 나는 이런 상태로 불투명 창 건너편 공간에 도착할 줄은 상상도 하지 못했다. 그사이 주용백은 내 등 뒤쪽으로 걸어갔다. 시야에는 아무도 보이지 않는 가운데, 등 뒤에선 종종 희미한 소리가 들렸다. 금속이 덜그럭거리는 소리, 액체가 찰랑대는 소리, 나무 탁자에 뭔가를 내려놓는 소리가 드문드문 들려왔다. 그 상태로 흘러간 10분 남짓은 내게 거의 영원처럼 느껴졌다. 머릿속으로 온갖 상상이 다 들었다. 놈들에게 날 살려둘 가치가 있는 건지, 날 살려둘 생각이었다면 굳이 이런 공간까지 끌고 왔을 건지. 설령 기적적으로 벨트를 풀고 사지가 자유로워지더라도 승산은 없어 보였다. 주용백의 옆에는 최소 두 명의 묵인이 붙어 있지만 지금 내겐 묵인을 볼 수 있는 안경도, 무기도 없었다. 얼떨떨한 채로 붙잡혀 온 내게 비로소 공포라는 것이 구체적인 모습을 갖춰가고 있었다. 그사이 날 묶고 있는 벨트의 압박감이 실제의 압력보다 열 배, 스무 배는 더 고통스럽게 느껴졌다. 심장이 빨리 뛰는 소리가 내 귀에도 들려올 정도였다.

"다 잊어버리겠습니다. 저 그냥 잔챙이인 거 딱 봐도 아시잖아요. 묵인이니 뭐니, 이제 떠올리기도 싫고요. 그리고 어차피 제2 저목장은 중요하지 않다면서요. 서, 설치지 않고 죽은 듯 살겠습니다. 그냥 여기서 나가게만 해주세요."

말이 끝날 때쯤 내 목소리는 흐느낌으로 변해 있었다. 잠시 후 내 앞에 나타난 주용백은 짐짓 너그러운 얼굴을 했다. 그의 나이는 50대 정도로 보였다. 자식이 있다면 20대 초반쯤 되었을 수도 있겠지. 내가 아들처럼 보여서 살려줄 마음이 들 수도 있을 것이다. 나는 비굴하게도 그의 얼굴 주름 하나하나를 살피며 내가 살 수 있다는 희망을 얻으려 했다.

"그래. 혹시나 저목장 묵인들의 말에 넘어간 거라면 믿지 마. 이미 인간의 발밑으로 떨어진 지 오래된 저능한 신들일 뿐이니까. 본보기로 몇 놈을 독극물로 죽였더니, 자기들 몸에 진짜 나노 센서가 있는 줄 알지 뭐야. 있지도 않은 장벽만 지어내도 놈들을 길들일 수 있어."

그와 함께한 시간이 고작 30분 남짓이었지만 나는 확실히 알 수 있었다. 아람 목재의 대표, 주용백이라는 남자는 상대를 공포심으로 통제하는 데 타고난 인간이라는 것을. 잠시 후 허공에 둥둥 떠 있는 나무 쟁반 하나가 내 앞에 나타났다. 쟁반 위에는 새끼손가락만 한 주사기 두 개가 놓여 있었다. 1차 대전 때 쓰던 물건이라고 해도 믿을 만큼 오래된 디자인의 주사기였다.

"한 주사기는 오십녀가 차관에게 쓰려고 했던 신경독이야. 맞으면 5분 후에 갑자기 심장이 멎지. 다른 주사기는 아까 너에게 썼던 마취제야. 이걸 맞으면 전두엽 일부를 절제한 뒤 폐쇄 병동에 보내질 거야. 19세기부터 있었던 유서 깊은 수술법이니까 걱정하지 마."

"네? 수술이라뇨, 절제라뇨? 대체 왜?"

"네 말을 아무도 믿지 않아야 하니까 필요한 거야. 어느 주사를 맞을지 선택해. 5분 뒤에 죽을지, 정신과 치료 받으면서 50년 뒤에 죽을지."

내가 들어본 것 중 최악의 양자택일이었다. 똥을 먹을 거냐, 오줌을 먹을 거냐를 묻는 것 이상으로 더러운 질문이었다. 질문하는 그 입을 걷어차 주고 싶었지만 내겐 그럴 힘이 없었다. 역

겹지만 어느 때보다 심혈을 기울여 선택해야 했다. 나는 필사적으로 생각했다. 그래도 똥을 입에 넣을 수는 없는 노릇이었다.

"오늘 죽긴 싫어요. 살려만 주세요. 뭐든지 시키는 대로 할게요."

주용백은 미소를 보이더니 주사기 하나를 집어 들었다. 나무 쟁반은 스스로 움직여 시야에서 사라졌다.

"이걸 맞기 위해선 네가 대답해야 할 질문이 있어."

"뭐, 뭔데요? 아는 거 다 말할게요."

"우리가 보낸 칠오남이 네가 숨겨놓은 사사녀를 찾아갔었지. 칠오남은 사사녀에게 살해당했고 넌 그 시체를 처리했어. 말해 봐. 그 뒤에 사사녀를 어디로 감쪽같이 숨겨줬나? 우린 아무리 뒤져도 못 찾겠거든."

질문을 이해하는 데 한참이 걸렸다. 그리고 그 뜻을 알았을 땐 소름이 돋았다. 어라? 사사녀는 호텔에서 죽었고, 나는 사사녀를 불태웠는데. 그게 사사녀가 아닌 다른 묵인의 시체였단 말인가? 돌이켜 보니 당연히 그럴 수도 있는 일이었다. 나는 그들을 볼 수 없었으니까. 볼 수 없는 시체를 치운 것뿐이었으니까. 뇌가 과부하된 것처럼 너무나 혼란스러웠다. 여기서 어떻게 대답해야 하는 건가. 줄곧 사사녀가 죽었다고 착각해 왔다는 것을 주용백이 알아채도 괜찮을까? 생각을 정리하기도 전에 내 눈을 빤히 쳐다보던 주용백이 미간을 살짝 찌푸렸다. 그에게서 처음으로 보는 당황한 표정이었다.

"잠깐, 넌 네가 치운 시체가 사사녀인 줄 알았던 거야?"

내가 대응하기도 전에 주용백은 모든 상황을 파악해 버렸다.

"그럼 사사녀는 어디에 있는 거지? 우리 통제를 벗어난 건가?"

주용백이 고민하는 사이, 나는 사사녀와의 기억을 떠올렸다. 내가 오디션 현장에서 모욕을 당했을 때, 사사녀는 전혀 예상치 못한 타이밍에 감독을 골탕 먹였다. 사사녀는 나와 완전히 작별을 고한 것처럼 인사한 뒤에도 슬그머니 뒤를 밟다가 내가 원하는 것을 해줬다. 만약 사사녀가 그때와 똑같이 행동했다면…….

문득 나는 맞은편 불투명 창을 쳐다봤다. 묵인은 눈에 보이지 않는 존재. 당연히 빛도 그 몸을 통과하므로 그림자나 실루엣 또한 보이지 않았다. 하지만 내겐 불투명 창 너머로 뭔가가 보이는 것만 같았다. 그 건너편에 어떤 의지와 에너지가 있음을 느낄 수 있었다. 입꼬리가 저절로 올라갔다. 곧 챙 하는 소리와 함께 창이 깨져버렸다.

"누구냐!"

주용백이 소리를 지르며 돌아본 순간 사사녀가 그의 얼굴에 펀치를 날렸다. 보이진 않지만 확실했다. 주용백의 턱이 돌아가며 바닥에 떨어진 주사기는 곧 다시 공중에 떠올라 주용백의 다리에 꽂혔다. 그가 괴성을 지르며 주저앉는 사이, 내가 앉은 의자가 통째로 붕 떠올랐다. 의자는 그대로 등 뒤의 유리창을 깨고 건너편 방으로 내던져졌다. 등에 엄청난 충격이 전해졌지만 동시에 등받이가 헐거워진 게 느껴졌다. 나무 의자의 이음매가 부서진 것이다. 바닥에 등과 어깨를 비비며 있는 대로 몸부림치자 상반신에 더 큰 자유가 찾아왔다. 이윽고 등받이가 조각나며 팔이 풀어졌고, 자유로워진 손으로 다리를 묶은 벨트도 풀어버렸다. 자리에서 벌떡 일어서 깨진 창 너머로 405호를 봤다. 그사이 나무 의자들은 모두 부서지고 쓰러져 엉망이었고, 바닥에 엎드린 주용백은 얼굴이 붉게 상기되어 눈이 풀려가고 있었다. 주용백은 어딘가로 전화를 하는 듯 한손에 핸드폰을 쥐고 있었다.

"제2 저목장으로……. 서둘러……."

그가 무슨 통화를 하는지는 희미하게 들려서 제대로 알아들을 수 없었다. 통화를 제대로 마치기도 전에 핸드폰을 떨어뜨리고 눈을 까뒤집은 그는 누가 봐도 죽어가는 중이었다. 주용백이 진실을 말하면 놔주겠다고 손에 쥔 주사였는데, 그 또한 독극물이었던 것이다. 그리고 다음 순간, 깨진 유리창 바로 앞에서 주사기가 하나 떠오르더니 어딘가를 푹 찌르는 움직임을 보였다. 묵인이 묵인을 주사기로 찌른 걸까? 하지만 주사기는 공중에 정지한 채로 부들부들 떨리고 있었다. 주사기의 움직임을 보며 상상력을 최대한 발휘해 봤다. 한쪽이 주사기로 찌르려는 것을 다른 쪽이 팔을 잡고 막는 중이라면? 내가 도와야 하는 순간이 분명했다. 나는 부러진 의자 다리를 주워 각목처럼 들었다. 하지만 어느 쪽을 내리쳐야 하는가?

"사사녀!"

"바늘 방향."

사사녀의 지시는 더없이 명쾌했다. 나는 주사기 바늘이 향한 쪽으로 있는 힘껏 의자 다리를 휘둘렀다. 퍽 하고 둔탁한 덩어리가 걸리는 소리와 촉감이 전해졌다. 이윽고 주사기는 바닥에 떨어졌다. 어떤 일이 벌어진 것일까. 잠시 후, 내 겨드랑이 밑을 확 휘어잡는 손길이 느껴졌다.

"진정해. 다 정리됐다."

사사녀의 목소리였다. 나는 긴장이 풀리고 눈물이 절로 날 것만 같아 그 손을 덥석 마주 잡았다.

"놀랐잖아요! 난, 난 그쪽이 죽은 줄 알고……."

"꾸물거리지 마. 제2 저목장으로 가야 돼. 주용백이 묵인을 보냈어."

"이미 대표가 죽었잖아요. 누가 그 말을 들어요?"

"이 조직은 하나의 시스템이고 대표는 허수아비야. 지금까지 몇 번이나 바뀌었다. 이틀 안에 새 대표가 올라설 거다."

"그, 그럼……."

"지금 제2 저목장을 정리하러 오십녀가 가고 있단 말이다. 우리가 더 빨리 도착해야 돼."

그녀는 내가 제대로 상황을 받아들이기도 전에 팔을 잡아끌었다. 사사녀의 괴력에 몸이 저절로 딸려갔다.

"잠, 잠깐만요! 내 물건이 주차장 차에 있어요. 물건부터 찾고 가요."

나와 사사녀는 팔짱 아닌 팔짱을 낀 채 금동빌딩 주차장으로 내려갔다. 내부가 구급차처럼 개조된 승합차에 올라가 내가 누워 있던 침상 아래쪽을 뒤졌다. 다행히 뿔테 안경과 단도, 핸드폰을 찾을 수 있었다. 뿔테 안경을 쓰려는 순간 사사녀가 내 뒤통수를 잡는 것이 느껴졌다.

"넌 그걸로 묵인을 볼 수가 있나?"

"네. 이 안에 묵인의 눈 조각이 붙어 있거든요. 어떻게 구했는지는 묻지 마세요. 생각하기도 싫으니까."

"넌 이 차로 운전을 해. 난 뒤에 탈 테니 안경은 운전석에 앉고 나서 써라."

"그쪽 얼굴 보이기 싫다는 뜻이죠? 알았어요."

오직 실용적으로만 행동하는 것 같아 보였던 사사녀가 처음으로 이해할 수 없는 부탁을 했다. 혹시 부끄러운 건지는 의문으로 남길 수밖에 없었다. 나는 캐묻지 않고 그녀가 시키는 대로 했다. 운전석에 앉아 내비게이션에 제2 저목장의 주소를 입력했다. 아직도 십사남이 기다리고 있을 게 분명했다. 시동을 걸고, 몸에 전해지는 경쾌한 엔진의 진동을 느끼며 뿔테 안경을 올려 썼다. 그간 모진 고초를 겪은 나머지 안경다리가 이상한 방향으로 휘어 있어 얼굴에 얹은 꼴이 우스웠다. 하지만 내겐 이것이 유일한 무기였다. 차를 출발시키기 전 심호흡을 하며 마음을 가다듬었다. 어쨌거나 국정원이 낌새를 맡은 제2 저목장은 아람 목재에게 버려야 하는 패가 된 것이다. 들키지 않게 집단 이주시키려 하거나, 최악의 경우엔 소멸시키려 할지도.

"사사녀 씨, 오십녀가 제2 저목장에 먼저 도착하면 무슨 짓을 할 것 같아요?"

"컨테이너에 불을 질러서 전부 몰살시킬 거다."

"역시……. 주용백이 나한테도 말했어요. 이젠 가치가 없어졌으니 본보기로 죽여도 된다고."

"그 이유가 아니면 오십녀를 보내지 않았겠지."

사사녀의 말을 듣고 생각이 점점 명료하게 정리되었다. 이제 남은 일은 단 하나였다. 살인마 오십녀가 도착하기 전에 제2 저목장을 열고 묶인들, 사사녀의 가족들을 해방시키는 것이었다. 나는 액셀을 밟았다. 승합차는 공사 중이라는 천막을 젖히고 세상 밖으로 나왔다.

운전하는 동안 왠지 사사녀의 모습이 궁금해져서 곁눈질을 하고 싶은 충동이 몇 번이나 일어났다. 하지만 그녀의 부탁을 지키기 위해 필사적으로 룸 미러를 보지 않으려 했다.

"그동안 어디에 얼마나 숨어 있었어요? 난 호텔 방에 있는 시체가 당신인 줄 알았잖아요."

"네가 저목장에 다녀온 날 했던 말들……. 그 방에서 전부 듣고 있었다. 그때 생각이 정리됐어. 아람 목재는 뭔지, 저목장은 뭔지, 난 어디서 왔는지. 너와 따로 떨어져서 여기 와야겠다고 결론 내린 거다."

"이 건물에선 얼마나 기다렸어요?"

"3일 내내 저 창틀 밑에 누워 있었어."

"무슨 생각으로 그랬어요? 대체 뭘 먹고 버텼는데?"

"이 정도는 안 먹어도 죽진 않아."

평소 그녀의 식성을 생각하면 아찔했다.

"일단 먹을 거부터 사 올까요?"

"내가 한 말 못 들었나? 오십녀보다 먼저 도착해야 해."

"알겠어요. 이 일만 끝나면 배 터지게 사줄게요. 근데 말이에요. 내가 여기 끌려올 줄 어떻게 알고서 기다려준 거예요?"

"너를 살리려고 숨어 있던 게 아니다. 저목장의 센서를 꺼버릴 방법을 찾은 거지. 그럴 필요도 없었던 거지만."

"쳇. 그래도 덕분에 살아서 고맙네요."

"너는 운이 좋다. 당연히 죽을 거라고 생각했는데 아직 살아 있으니."

"이번 계기로 깨달은 건데 내가 위기에 강한가 봐요. 체질적으로."

승합차가 서울을 벗어날 때쯤 시계는 6시 30분을 가리켰다.

등 뒤로 노을이 사라지며 어둠의 시간이 시작되었다. 싸움을 하기엔 최악이었다. 밝은 곳에서 마주쳐도 상대가 될까 말까인데, 빛조차 없는 산속 저목장에서 오십녀를 마주치면 얼마나 무서울지 벌써부터 아랫도리가 서늘해졌다. 더군다나 오십녀뿐만 아니라 아람 목재의 다른 일당들이 함께 나타난다면 나와 사사녀만으로 어떻게 대응해야 할지 감이 잡히지 않았다. 강원도로 향하는 국도는 어둡고 한산했다. 거대한 운수용 트럭들만 가끔 보였다. 필요한 말 외에는 하지 않는 사사녀 덕분에 30여 분 동안 서늘한 침묵만이 계속되었다. 터널과 산이 계속해서 이어졌고, 터널마다 들어와 있는 색색의 형광 불빛들이 기묘한 악몽의 세계로 나를 인도하는 것처럼 보였다. 나는 어떻게든 긴장을 풀고 싶어 라디오 방송을 틀었다. FM 라디오 〈영화음악〉 방송이 나오고 있었다.

"〈영화음악〉 초대석입니다. 오늘은 누아르 영화 《피 튀기는 인생》을 찍고 계신 장대철 감독님과 함께하겠습니다. 감독님, 안녕하세요."

"안녕하세요. 〈영화음악〉 청취차 여러분. 사실은 저도 대학생 시절부터 팟캐스트로 들었던 광팬이었습니다. 영화학과 다닐 때 동기들, 후배들한테 제가 전파했거든요."

"어머, 초창기부터 청취하셨네요. 호호."

라디오에서는 하필 오디션에서 나를 엿 먹였던 감독이 떠들고 있었다. 기가 막힌 타이밍이었다. 그는 영화 캐스팅이 끝나서 벌써 크랭크인을 사흘 앞둔 상황이라고 전했다. 돌이켜 보니 사사녀도 접촉한 적이 있는 사람이었다.

"사사녀 씨. 이 감독 기억나요? 당신이 계단에서 두들겨 팼던 사람인데."

"목소리로 분간 못 한다. 관심도 없고."

"관심 있는 일이 뭐예요? 영화라는 거 한 번도 본 적 없죠?"

"그럴 여유가 없으니까. 지금 네 앞에 오십녀가 있거든."

"히익!"

나는 깜짝 놀라서 차선을 이탈할 뻔했다.

"어디요? 어디! 오십녀가 어디?"

"저 앞 트럭 위에."

옆 차선 앞쪽에서 달려가는 하얀 화물 탑차 위에 사사녀가 말해준 대로 회색 덩어리 하나가 보였다. 오십녀라는 것을 단번에 알아볼 수 있었다. 오십녀는 가부좌를 튼 채로 앉아 상체를 잔뜩 웅크리고는 양 손바닥을 탑차 지붕에 대고 있었다. 뭐라 형언하기 힘든 기괴한 자세로 앉아 뭘 하는 중인지 추측할 수도 없었다. 밤에 보니 그녀의 부리부리한 눈에서 나오는 주황빛 안광이 육식동물처럼 무시무시했다. 오십녀의 목적지가 우리와 같다는 건 확실해 보였다. 그 순간 오십녀도 고개를 들어 나를 봤다. 눈만 마주쳤는데도 이미 목을 졸리고 있는 것처럼 숨이 막혀왔다. 제2 저목장으로 가는 도로가 하나뿐이니 오십녀를 만난 것은 우연이 아닌 필연이었다. 나는 그녀의 존재를 침착하게 받아들이려 노력했지만 애쓴 보람도 없이 차선조차 못 지킬 만큼 동요하고 있었다.

"운전 침착하게 해!"

"오, 오십녀가 저기서 갑자기 공격할 수도 있어요?"

"아무도 모른다, 그건."

"오십녀는 대체 어떤 존재죠? 사사녀 씨가 싸워도 승산이 없겠어요?"

"몰라. 살고 싶으면 속도 줄이고 거리 벌려."

이번만은 사사녀의 판단을 따르고 싶지 않았다. 오십녀가 이미 우리를 앞서가는 것을 목격한 이상 속도를 줄일 순 없다. 나는 오히려 액셀을 밟고 속도를 높였다. 그녀보다 먼저 저목장에 도착해서 빨리 이 일을 끝내버리고 싶었다. 1차선으로 달리고 있는 탑차를 앞지르기 위해 규정 속도를 시속 40킬로미터나 초과하며 3차선을 내달렸다. 탑차도 나를 의식했는지 경쟁적으로 따라붙었지만 화물을 잔뜩 실은 차가 신형 승합차를 추월하긴 어려운 일이었다. 결국 탑차는 백미러 뒤로 점점 멀어져 갔다. 기왕에 좀 더 곡예 운전을 유도해 위에 타고 있는 오십녀를 떨어뜨렸으면 좋았을 것이라는 생각마저 들었다.

"어때요, 운전 실력? 방금 좀 영화 같지 않았어요?"

"눈으로 확인할 수 있는 거리에서 뒤쫓는 게 더 나았을 거다. 보이지 않는 상태가 제일 무섭다는 건 너도 잘 알 텐데."

"우리가 앞질렀다는 것만 확실하면 되잖아요."

예상대로 사사녀는 칭찬 한 마디 해주지 않았다. 내비게이션을 보니 어느새 목적지까지 5분 남짓 남아 있었다. 목적지가 가까워질수록 주변 소리가 사라지고, 내가 운전을 하고 있다는 인식도 희미해졌다. 이 모든 고생의 끝이 불과 몇백 미터를 남겨두고 있다고 생각하니 오히려 침착해졌다. 제2 저목장으로 들어서는 임도가 어두컴컴하고 조용한 것을 보니 나보다 먼저 도착한 차량은 없는 게 분명했다. 주용백은 국정원이 단서를 쫓고 있는 이 저목장에 섣불리 사람을 보내느니 단 한 명의 숙련된 묵인을 보내 증거를 인멸할 생각이었던 것이다. 그런 점에서 이미 오십녀를 앞질러 도착했으니 아무 위협 요소도 없었다. 이 길을 그대로 운전해 들어간 뒤 묵인들을 해방시켜 주면 내할 일은 끝이다. 그렇게 생각한 게 문제였다. 갑자기 머리 위로 텅 하는 소리가 들렸다. 그 뒤에 벌어진 사고는 찰나였지만 마치 슬로비디오처럼 느리고 선명하게 내 눈에 각인되었다. 운전석 차창을 향해 차가운 철근처럼 생긴 검회색 발뒤꿈치가 위에서부터 아래로 도끼질을 하듯 날아들었다.

"엄마얏! 사람 살려!"

멍청한 단말마가 입 밖으로 튀어나왔고, 차창에 거미줄처럼 하얀 금이 가더니 이내 수백 개의 유리 조각이 내 얼굴을 덮쳐 왔다. 핸들을 놓친 것은 당연한 결과였다. 임도 오르막길 입구에 들어서던 차량이 어디로 꺾여서 어느 그루터기에 걸렸는지는 몰라도 통 하고 튕겨 오르며 몸이 공중에 붕 뜨는 것이 느껴졌다. 승합차는 옆으로 쓰러지며 멈추었고, 갑자기 터져 나온 에어백 때문에 정신을 차릴 수가 없었다. 오십녀. 오십녀가 분명했다. 하얀 탑차를 추월하는 순간 그 괴물이 이쪽 차로 옮겨 탄 것이다. 하지만 바로 옆 차선도 아니고 1차선에서 3차선으로 뛰어넘을 수도 있단 말인가. 더군다나 시속 160킬로미터로 달리는 중이었고, 차에는 뭔가가 올라타는 진동조차 느껴지지 않았는데. 오십녀는 인간의 신체 능력을 아득히 넘어선 악마가 틀림없었다. 황급히 안전벨트를 풀자 상체는 에어백에 낀 채 하체만 흘러내려 기어 봉을 밟고 간신히 버텼다. 발을 허우적대며 간신히 머리 꼭대기에 위치한 차문을 열고 기어 나오는데, 그 위에 서 있는 오십녀가 보였다. 두더지 잡기 게임처럼 나는 그녀의 발 앞에 무방비 상태로 머리만 내놓고 있었다. 오십녀는 손을 뻗어 내 머리통에서 안경을 벗겼다. 그녀의 모습이 시야에서 사라졌고, 대신 허공에 떠오르는 뿔테 안경만이 보였다. 안경은 공중에서 파삭 하는 소리와 함께 손쉽게 우그러지더니 옆쪽 풀숲으로 날아가 버렸다. 나는 아무 대응도 할 수 없었다. 이제 오십녀는 축구공 차듯 내 머리통을 걷어찰 테고, 난 아마 고개가 꺾여 즉사하겠지. 체념하고 눈을 감은 순간, 쿵 하는 소리가 귓가에 울렸다. 놀랍게도 내 머리는 멀쩡했다. 눈을 떠 보니 승합차 옆면이 움푹 들어가 있었고, 뒤이어 육중한 덩어리가 바닥에 떨어지는 소리가 들렸다.

"저목장으로 먼저 가!"

사사녀의 목소리가 들려왔다. 맙소사, 절체절명의 순간 그녀가 또다시 나를 구해준 것이다. 나는 힘껏 몸을 끌어 올려 차문 밖으로 탈출했다. 전복된 차 옆에 내려오자 불과 몇 걸음 앞에서 퍽, 퍽 하며 치고받는 살벌한 소리가 들려왔다. 보이지는 않아도 무슨 일이 벌어지는지 눈에 보일 듯 선명했다. 사사녀가 오십녀를 기습해 차 아래로 떨어뜨린 것이다. 그리고 지금 오십녀를 제압하기 위해 몸싸움을 하고 있었다.

"사사녀! 조금만 기다려요!"

나는 떨어진 안경을 찾기 위해 비탈길의 풀숲을 뒤졌다.

"안경 찾지 말고 저목장으로 가!"

내가 돕는다면 함께 오십녀를 제압할 수 있으리라 생각했지만 사사녀의 판단은 이번에도 냉정했다. 현실적으로 내가 도움이 되지도 않을 것이며, 안경에 붙어 있는 묵인의 각막을 찾아내는 것조차 힘들다고 판단한 것이다. 언제나 그녀의 판단은 나보다 나았다.

나는 재빨리 정신을 차리고 임도 오르막길을 향해 내달렸다.

제길. 이런 걸 원한 게 아니었는데. 눈에 보이기만 한다면 나도 싸울 수 있고, 결정적인 활약을 할 수도 있을 텐데. 아쉬움이 들었지만 현실적인 판단을 하기로 마음먹었다. 차량 한 대가 다닐 수 있도록 나 있는 임도를 따라가기만 하면 어둠 속에서도 저목장을 찾아가기 충분했다. 그런데 뛰어도, 뛰어도 길이 끝나지 않았다. 차로 이동할 때에는 고작 3분 정도면 도착할 거리였는데 여기저기 고장 난 몸으로 주파하려다 보니 너무나 멀게 느껴졌다. 날숨에서 피 냄새가 났다. 군대에서의 마지막 유격 훈련 이후 실로 오랜만에 맡아보는 냄새였다. 오르막길 끝에 도착한 후 나는 뒤를 돌아봤다. 어두컴컴해서 보이는 것도 없었다. 그저 평화로운 흙과 풀, 그리고 뒤집어진 승합차 한 대만 어렴풋이 보였다. 하지만 지금쯤 저곳에서는 처절한 싸움의 결과가 났을 것이다.

이제 오르막보다 더 긴 내리막 구간이 남아 있었다. 전복된 차량의 헤드라이트조차 닿지 않아서 칠흑처럼 어두웠다. 나는 임도 옆쪽의 숲으로 몸을 숨긴 뒤 핸드폰 손전등 기능으로 발아래를 비추어 지형을 파악했다. 임도 대신 수풀을 헤치고 저목장까지 내달리기로 마음먹었는데, 나름대로 머리를 쓴 것이었다. 묵인이라도 우거진 숲에서는 소리가 들릴 테니 위치도 짐작할 수 있으리라는 계산. 그러니 오십녀가 날 추적해 오더라도 저항해 볼 수는 있으리라.

파스락.

내 계산을 바로 입증해 주듯이 얼마 못 가 등 뒤쪽에서 소리
가 들렸다. 분명히 사람처럼 이족 보행을 하는 존재가 작은 나
뭇가지와 풀을 헤치며 걷는 소리였다. 나는 애써 돌아보지 않
고 발길을 재촉했다. 어차피 고개를 돌려도 보이지 않을 것이
다. 하지만 운동도 안 하던 몸으로 오르막길을 전속력으로 내달
렸다가 내리막길에 접어든 까닭일까. 종아리에 쥐가 났다. 갑자
기 찾아온 엄청난 고통에 절로 억 소리가 났다. 더 이상 걸을 수
가 없었다. 나는 깽깽이걸음으로 큰 나무 뒤를 찾아간 뒤 웅크
려 앉았다. 그사이 두 발로 걷는 그것은 계속해서 내 쪽으로, 내
쪽으로 가까워 오고 있었다. 하느님. 어머니. 기영아. 제발 날
구해다오. 소리가 가까워질 때까지 속수무책으로 기도할 수밖
에 없었다. 이윽고 그 소리가 내 옆에 도착한 게 느껴졌다. 기척
이었다. 놈이 아무리 투명인간이라도 살아 있는 생물끼리는 느
껴지는 기척이 불과 몇 걸음 거리에 있었다. 빌어먹게도 녀석은
걸음을 멈추고 가만히 있었다. 일어날 수 있는 오만 가지 경우
의 수를 머릿속으로 열심히 상상하고 대응 방법을 계산하느라
내가 과부하 걸린 기계처럼 가만히 멈춰 있는 동안, 그것이 먼
저 신호를 보냈다. 겨드랑이 밑을 움켜잡는 손길이 느껴진 것이
다. 아아, 반가운 이 촉감.

"하아, 사사녀 씨. 큰일 난 줄 알았잖아요. 말이라도 지……"

"......."

내 겨드랑이를 움켜쥔 상대는 대답이 없었다. 촉감이 나를 속이고 있다는 서늘한 사실을 금방 깨달을 수 있었다. 팔을 빼려는 순간 손이 엄청난 힘으로 날 잡아당겼다. 순간적으로 내 몸은 붕 떠올랐고, 내리막길을 향해 내동댕이쳐졌다. 초등학교 시절 유도 학원에서 업어치기 당했던 기억이 되살아났다. 난 비탈 아래로 정신없이 굴러갔다. 비탈은 생각보다 길었고, 내 몸은 이래도 되나 싶을 정도로 오래 굴러갔다. 이쯤 되면 코미디 영화의 한 장면이 아닐까 하는 엉뚱한 생각이 들 때쯤 한쪽 어깨가 큰 나무줄기에 쿵 부딪치며 멈췄다. 불운 중 다행으로 오십 녀가 너무 강한 힘으로 날 던져버린 나머지 비탈을 오랫동안 굴렀고, 그사이 흙과 풀들이 쿠션 작용을 해줘 충격이 분산됐다. 그렇다고 아프지 않은 건 아니었다. 의식이 깨어 있다는 것이 놀라울 뿐.

나는 정신을 차리고 산비탈을 올려다봤다. 바스락바스락하며 나를 쫓아오는 소리가 들렸다. 무슨 괴력이 솟아났는지, 반사적으로 후다닥 나무줄기를 타고 위로 올라갔다. 나무 위에 있으면 혹시 내 존재를 감출 수 있지 않을까 하는 기대 때문이었다. 굵은 나무줄기는 때마침 오르기 좋게 휘어 있었고, 가장 아래에 뻗어 나온 가지도 사람이 설 수 있을 만큼 굵었다. 나는 가지가 분지되는 지점에 발을 대고 줄기에 기대어 섰다. 바지가 어느

새 축축해졌다. 마신 물도 없는데 어떻게 나온 오줌인지는 몰라도 정신없는 사이 이미 소량이 내 몸 밖으로 새어 나온 것이다. 지린내를 맡고 오십녀가 올라오면 안 될 텐데, 하며 걱정이 들다가도 그런 내가 한심해졌다. 멍청하긴, 내가 싸우고 있는 상대는 네 발 달린 짐승이 아니라 승합차 위에 숨어 있다가 목적지에 도착한 순간 기습할 정도로 지능적인 괴물이란 말이다. 내 위치가 들키는 것은 시간문제였다. 사각사각 바스락하는 빌어먹을 소리가 더욱 가까워졌다. 눈에 눈물이 절로 맺혔다. 기영이는 왜 하필 내게 투명인간을 죽였다는 메시지를 보내서 나를 이 지옥에 밀어 넣은 걸까. 체념하며 고개를 든 순간 눈앞의 풍경이 보였다. 보름달이 산골짜기 분지를 환하게 비추고 있었다. 거의 푸른빛으로 보이는 제2 저목장이었다. 구르고 도망치는 사이 어느새 손에 닿을 만큼 가까워진 것이다. 사사녀의 가족 같은 묵인들을 해방시키는 데는 큰 힘이 필요하지 않았다. 단지 문은 처음부터 열려 있었으며 나노 센서는 속임수였다는 말만 전해주면 된다. 그런 생각을 하니 전에는 생각 못 했던 방법이 떠올랐다. 혹시 여기서도 전달할 수 있지 않을까? 모험이었지만 지금 내게는 다른 방법이 없었다. 나는 목을 가다듬었다. 컨테이너 철창을 드나들 수 있는, 백 살 가까이 먹은 십사남이 저곳에 있으니 그의 귀에 소리가 들어가도록 크게 외치면 된다.

"제2 저목장은 자유야! 처음부터 자유였어! 센서는 거짓말이었어!"

내 목소리는 메아리가 되어 산골짜기에 여러 번 울렸다. 그것이 멀리 있는 십사남을 깨우기 전에 더 가까이에 있는 오십녀를 먼저 깨웠다. 나무 주변을 서성이던 바스락 소리가 멈추고, 이내 뭔가가 나무를 기어오르는 소리가 들렸다. 나는 굵은 가지의 바깥쪽으로 뒷걸음쳤다. 중심을 잡기가 어려워 아예 양다리를 가지 아래로 늘어뜨리고 가랑이로 앉은 채 엉덩이를 비비며 후퇴했다. 아까 안경을 잃어버리지만 않았어도. 그때 불현듯 스치는 생각이 있었다. 난 각막 렌즈를 두 개 만들어뒀었다. 하나는 안경에 끼웠고, 다른 하나는…… 렌즈 통! 지금껏 까맣게 잊고 있었던 렌즈 통이 떠올랐다. 나는 양손을 분주히 놀려 바지 주머니를 만졌다. 가방 속에 넣어놨다가 한참 뒤에 곰팡이를 피운 채 발견되는 귤처럼, 렌즈 통은 아직 바지 주머니에 있었다. 재빨리 렌즈 통을 열고 그 안에서 여분의 묵인 각막을 꺼냈다. 각막을 눈에 대자 불과 다섯 걸음 정도 앞에 오십녀가 보였다. 그녀는 큰 키에도 평균대 선수처럼 능숙하게 중심을 잡으며 천천히 다가오고 있었다. 여전히 적응되지 않는 무시무시한 얼굴에는 아무 표정도 보이지 않았다.

"이, 이봐요. 다 끝난 일이에요, 당신네 사장 죽었다고요."

"……"

"나 같은 사람 죽여서 뭐 하겠어요? 당신네 가두고 길들인 사람들한테 복수하는 게 낫죠. 아, 아니면 다 같이 도망쳐서 자유롭게 살면 되잖아요, 응?"

"……."

오십녀는 사람의 말을 알아듣기는 하는 건지 전혀 반응 없이 다가왔고, 나도 더욱 격렬하게 엉덩이를 비비며 후퇴했다. 나뭇가지는 바깥쪽으로 갈수록 얇아졌고, 눈치채지 못한 사이에 내 엉덩이는 가지의 끄트머리에 걸쳐 있었다. 온몸이 휘청댔다. 내 무게를 감당 못 한 가지가 아래로 늘어지더니 이내 콰직 하며 꺾여버렸다. 맨몸으로 바닥에 떨어지는 게 이 밤에만 몇 번째인지 몰랐다. 다행히 높지 않은 위치였고, 내리막은 이미 끝나 평지였다. 렌즈는 아직 내 주먹 안에 쥐여져 있었다. 오그라든 모양을 펴는 데 시간이 걸렸지만 나는 최대한 신속하게 각막 렌즈를 대고 주위를 살폈다. 끝부분이 부러진 반동으로 휘청대고 있는 나뭇가지에는 이미 그녀의 모습이 보이지 않았다. 뒷목이 오싹해졌다. 나는 황급히 자세를 낮추고 주위를 한 바퀴 둘러봤다. 뒤쪽으로 고개를 돌린 순간, 나는 한쪽 다리를 쫙 찢어 들어 올린 오십녀를 불과 50센티미터 거리에서 마주쳤다. 맙소사, 승합차도 전복시키는 저 발뒤꿈치로 내 머리통을 쳐 죽이려는 준비 동작이었다.

"아악! 살려줘!"

그때 옆쪽 풀숲에서 뭔가가 뛰어올랐다. 죽음을 앞둔 위기에서도 엄지와 검지로 각막 렌즈를 붙잡고 있던 터라, 그 뒤의 상황들을 전부 볼 수 있었다. 튀어나온 것은 오십녀보다 40센티미터 정도는 작아 보이는 또 다른 묵인이었다. 철창 사이를 빠져나올 정도로 작은 키에 깡마른 체구지만 단단해 보이는 묵인. 십사남이라는 것을 알 수 있었다. 십사남은 작은 신장을 이용해 오십녀의 다리를 붙잡고 달려들어 그녀를 쓰러트렸다. 십사남이 오십녀의 복부를 주먹으로 마구 쳤고, 오십녀는 긴 팔을 이용해 그의 목을 잡고 밀쳐냈다. 오십녀가 유연한 다리를 옆으로 들어 올려 그의 팔을 뱀처럼 휘감은 뒤 옆으로 휙 돌리자 십사남은 공중에서 한 바퀴 돌며 쓰러졌다. 졸지에 오십녀에게 깔려버린 것이었다. 오십녀는 이제 양손으로 십사남의 목을 움켜쥐고 졸라댔다. 팔이 짧은 십사남에겐 대처할 방법이 없어 보였다.

뭐라도 해야 해! 마음속 목소리가 외쳤다. 하지만 온몸이 욱신욱신해 제대로 서 있기조차 힘든 내겐 일격을 날릴 방법이 없었다. 이럴 때를 대비해 지니고 있던 단도는 또 어느 새에 떨어뜨린 건지 기억도 나지 않았다. 그때 아주 단순한 질문이 떠올랐다. 단도가 없다면 대신할 것은? 나와 함께 바닥에 떨어진 나뭇가지가 보였다. 나는 한 손으로 얇은 잔가지를 꺾은 뒤 무기처럼 들었다. 이 뾰족한 가지 끝이 저 흉악하고 큰 눈을 찌를 수만 있다면. 하지만 겁먹은 몸은 좀처럼 움직이지 않았다. 저 괴물에게 이따위 공격이 먹힐까? 오히려 내 명만 단축하는 것은 아닐까? 한껏 고도가 올라간 비행기에 탑승한 것처럼 귓속이 멍해지고 모든 감각이 둔해졌다. 시간이 멈춘 것만 같았다. 나는 마음을 다잡으려 기영을 떠올렸다. 기영은 내게 스스로를 믿으라고 말했었다. 묵인들과 치고받으며 달려온 이 여정에서 내가 깨달은 것도 그 한 가지였다. 살기 위해선 남의 판단에 의존하지 말고 자기 자신을 믿을 것. 내가 느낀 감각대로 세상을 받아들이고, 내 판단에 따라 나아가야 한다. 아무리 남들 눈에 터무니없게 보인다고 해도 말이다. 그것은 마임의 법칙과도 같았다. 자신을 믿는 사람이 남들도 믿게 할 수 있다. 그런 생각을 하자 몸이 가벼워지고 오른 손아귀에 다시 힘이 들어갔다. 나는 나뭇가지를 펜싱 검처럼 든 채 왼발로 지면을 차고 오른발을 쭉 뻗으며 도약했다. 그와 동시에 나뭇가지를 든 오른팔을 활짝 펼치며 가지로 오십녀의 눈을 찔렀다.

"크오오!"

가지 끝이 정통으로 눈을 찌르진 못했지만 여러 갈래로 나뉜 나뭇잎들이 오십녀의 안구를 긁었다. 공격은 성공적이었다. 오십녀는 양 눈을 가리며 뒤로 주저앉았고, 십사남은 그 틈을 놓치지 않고 오십녀의 명치 아래 급소를 주먹으로 강타했다. 퍽! 퍽! 소리와 함께 오십녀는 더욱 큰 괴성을 지르며 쓰러졌다. 오십녀가 쓰러지자 십사남은 자신의 입에 손가락을 넣고 기묘한 휘파람 소리를 냈다. 놀라운 일이 벌어졌다. 수풀에서 동시에 대여섯 명의 묵인들이 튀어나와 오십녀를 에워싼 것이다. 각자 오십녀의 사지에 매달려 그녀의 움직임을 무력화시켰고, 한 묵인은 그녀의 뒤에서 목을 졸랐다. 강인한 생명력으로 꽤나 오랫동안 몸부림치던 오십녀도 점차 움직임이 줄어들더니 이내 탁하고 꺼진 기계처럼 멎어버렸다. 묵인들은 오십녀가 죽은 후에도 한참을 매달려 그녀의 몸을 끝까지 조르고 비틀었다. 그사이 수풀에서 다른 묵인들도 나왔다. 얼추 마흔 명 정도가 모인 그들은 신장이나 체격도 제각각이었다. 물론 내 눈으로는 그들의 나이는 물론 성별조차도 구분할 수 없지만 이토록 많은 묵인들을 한꺼번에 보는 것은 정말로 놀라웠다. 오십녀의 몸이 바닥에 축 늘어지고, 제2 저목장 묵인들은 모두 안도한 표정으로 그 주위에 둘러섰다. 그들 중 일부는 몇 걸음 떨어져 있는 나를 힐끔대며 의식했다. '수고하셨습니다. 제가 여러분을 풀어준 사람이올시다.' 그들에게 말이라도 걸어야 하나 고민했지만 이 상황에 입을 여는 것 자체가 어색했다. 긴장이 풀렸는지 그제야 늑골 보호대 아래에 있는 갈비뼈가 아파왔다. 여태 살아 있는 게 용한 일이라고 생각했다.

"네가 우리한테 알려줬구나. 안에서 목소리를 들었어."

내게 먼저 말을 건넨 건 십사남이었다. 유독 작은 신장이 아니었다면 나는 그가 십사남인지도 구분하지 못했을 것이다. 그때 몇몇 묵인들이 내 등 뒤쪽의 산비탈을 보고 흠칫 놀랐다.

"돌아왔다."

익숙한 목소리에 전율이 일었다. 사사녀가 분명했다. 절대로 적응 못 할 것 같은 묵인 종족의 목소리였지만 이 소리만은 분간할 수 있었다. 나는 눈에 렌즈를 댄 채 뒤를 돌아봤다. 사사녀는 보이지 않았다. 대신 풀썩 쓰러지는 소리와, 그에 맞춰 흔들리는 풀숲이 보일 뿐이었다. 묵인들은 사사녀가 걱정되는 듯 일제히 달려갔다. 그들은 말 그대로 가족이었다. 나는 뒤늦게 풀숲을 헤치며 묵인들이 모여 있는 곳으로 갔다. 묵인들의 등에 가려져서 누워 있는 사사녀의 모습이 보이지 않았다. 다만 그들이 나누는 말을 통해 사사녀의 상태가 몹시 안 좋다는 것만은 알 수 있었다.

"틀렸어. 상처가 너무 벌어졌고 피도 많이 흘렸어."

어떻게 행동해야 할지 혼란스러웠다. 다친 묵인을 구하려면 뭘 해야 하지? 구급차를 부르고 의사와 간호사에게 묵인의 각막 조각을 줘야 할까. 세상에는 묵인을 수술하는 전문 의사도 있을까.

"홍한수."

그때 사사녀가 내 이름을 불렀다. 사사녀 근처에 서 있던 묵인들이 일제히 나를 돌아보더니 몸을 비켜줬다. 그들이 터준 길을 따라 사사녀의 몸이 살짝 보였다. 그때 사사녀가 했던 부탁이 떠올랐다. 자신의 얼굴을 보지 말라는 부탁. 나는 렌즈를 바닥에 떨어뜨렸다. 수십 명의 묵인들이 일제히 시야에서 사라져, 이 숲에 나 혼자 서 있었다. 모든 게 다 거짓이었던 것처럼. 하지만 보이지 않는 숨결을 충분히 느낄 수 있었다. 나는 천천히 사사녀가 누워 있는 곳을 향해 걸어갔다.

"네가 우리를 구했다. 우리는 은혜를 잊지 않는다."

그녀의 목소리가 들렸고, 나는 그 앞에 무릎을 꿇고 앉았다. 손을 아래로 뻗자 그녀의 어깨가 만져졌다. 까닭도 없이 서글퍼졌다.

"그레타. 기영이가 그랬어요. 그레타 오토라는 나비가 있다고. 아주 희귀한 나비인데, 투명한 날개로 날아다닌대요. 기영이가 당신한테 새 이름을 주고 싶어 했어요. 그레타라는 이름."

"나한테 채기영은 제오남이었다. 인간 중 나와 대화한 다섯 번째 사람이니까. 미안하군. 아무 뜻도 없어서."

"아, 아니에요. 우리 손가락은 다, 다섯 개잖아요. 5는 완성의 숫자예요. 십진법도 거기서 나왔고, 말하자면 세상의 시작인 거예요."

사사녀의 손이 내 손을 감싸는 것이 느껴졌다. 다섯 개의 손가락이 선명하게 와 닿았다. 하지만 그 움직임도 이내 멈췄고, 차갑던 그녀의 몸이 더 딱딱하게 어는 것이 느껴졌다. 반사적으로 눈물이 흘러내렸다. 마지막으로 해준다는 말이 고작 십진법이 어쩌고 하는 지어낸 소리라니. 내 자신이 한심했다. 그리고 지금에야 나는 기영과 사사녀가 서로에게 품었던 마음이 단순한 우정이나 동정심만은 아니었음을 깨달았다. 사사녀가 인간과 너무도 다른 자신의 얼굴을 기영의 친구인 내게 숨기려 했던 이유도 조금은 짐작할 수 있었다.

내가 한참을 흐느낀 후에 풀숲이 요란하게 흔들리는 소리가 들렸다. 수십 명의 묵인들이 죽은 사사녀의 몸을 들고 이동하는 것 같았다. 그들은 어디로 가는 것일까. 밝은 달빛 아래 흔들리는 풀과 나뭇잎들의 움직임이 검은 파도처럼 보였다.

"넌 부탁한 일을 다 해줬다. 이제 나머진 우리 몫이야. 일이 끝나면 신호를 줄 테니 그때까지만 숨어 있어라."

십사남의 목소리가 들렸다.

"이제 당신들끼리 뭘 할 계획인 거죠?"

"아람 목재가 대처하기 전에 다른 묵인들을 해방시킬 거야. 내키진 않지만 우리를 보호해 줄 세력과 손잡을 거다. 국정원이 되었든, 다른 조직이 되었든. 우리가 완전히 자유를 얻기 전까진."

이것이 십사남과의 마지막 대화였다. 무슨 정신으로 숲에서 빠져나왔는지는 기억나지 않는다. 정신을 차렸을 때에는 내 근처에 어떤 묵인도 없는 듯했고 나는 달빛에 의지해 산길을 터덜터덜 걸어 나왔다.

저목장에서 임도를 따라 내려와 국도변에 도착했다. 어찌나 정신이 없는지 영화 속에서나 나올 법한 히치하이킹을 망설임도 없이 시도했다. 택시가 절대 지날 일 없는 도로였고, 핸드폰도 방전되어 콜택시를 부를 수도 없었다. 설령 핸드폰이 방전되지 않았다 해도 서울까지의 택시비를 낼 돈이 없었으므로 결과는 마찬가지였다. 놀랍게도 히치하이킹 시도 40분 만에 태워주겠다는 사람을 만났다. 운전자는 덩치 큰 근육질의 청년이었는데, 조수석에 탄 내 모습을 자세히 보고 흠칫 놀라는 기색이었다.

"놀랍네요. 요즘 세상에 히치하이킹 하는 사람이 있다니. 근데 옷이랑 얼굴은 왜……"

나는 몸 여기저기에 피가 묻고 옷도 찢어진 채로 국도변에 출몰한 이유를 설명하기 위해 이야기를 지어냈다.

"제가 동생 차를 타고 집에 가는 길이었는데 말이죠. 이 자식이 자꾸 형을 무시하지 뭐예요, 식충이라고. 사실 틀린 말은 아니죠. 걔는 치대생인데 저는 오디션에 번번이 탈락하는 배우 지망생이니까. 근데 그 말을 들었을 때는 화가 나지 뭡니까. 공터에 차 세워놓고 한판 붙자고 했죠. 전 사실 싸울 맘이 없었는데 이 자식이 온 힘으로 형을 쥐어패고는 저 혼자 가버리지 뭐예요."

"에고. 친동생한테 완전 먹히셨네. 몸 부실하죠? 제가 개인 PT 강사인데 명함 하나 드릴 테니까 찾아오세요."

청년은 내게 헬스장 명함을 건넸다. 그가 나를 내려준 곳은 본인 자취방이 있다는 서울역 역사 근처였다. 나는 노숙인들이 쉬고 있는 역사 안 벤치에 자리를 잡고 지친 몸을 눕혔다. 온몸이 뻐근했지만 다행히 뼈에는 문제가 없는 것 같았다. 어려운 고비를 극복하고 내가 할 일을 마쳤다는 뿌듯함은 들지 않았다. 여전히 묵인과 아람 목재 일당이 나타나 나를 죽여버릴지도 모른다는 두려움이 나를 괴롭혔다. 기영과 사사녀에 대한 애도의 마음도 그 뒷전이었다. 목숨이 오락가락하던 상황의 흥분이 사라지자 또다시 불안이 엄습했다.

'일이 끝나면 신호를 줄 테니 그때까지만 숨어 있어라.'

십사남의 말로 미뤄 봤을 때 여전히 내가 위험한 상태라는 것에 변함이 없었다. 하지만 어떻게 해야 안전을 도모할 수 있을지 도통 감이 안 잡혔다. 지금까지처럼 호텔을 옮겨 다니며 숨는다 해도 잠깐 끼니를 해결하러 나간 사이 객사할지도 모른다. 사사녀는 호텔 방에서 공격을 당했고, 지금 내게는 유일한 무기였던 각막 렌즈와 단도마저 없으니 대응할 수단도 전무했다. 그리고 무엇보다 이제는 정말로 돈이 없었다. 반지하 자취방이나, 본가로 돌아가겠다는 생각 역시 들지 않았다. 자취방은 이미 한 번 털렸고, 나 때문에 가족이 위험에 처하는 것도 원하지 않았으니까. 도저히 답이 안 나오는 문제를 고민하다 깜빡 잠이 들었다.

눈을 떴을 때는 정오가 다 된 시간이었다. 주위에는 어느새 기차를 기다리는 수많은 인파들이 돌아다니고 있었고, 그들은 하나같이 나와 의도적으로 거리를 벌리고 있었다. 내가 지금 내 모습을 봤어도 흔한 서울역 노숙인 중의 하나라고 생각했을 것이다. 옷과 머리는 헝클어졌고, 몸에서는 피와 땀이 절은 냄새도 올라왔다. 어젯밤 숲에서 벌어졌던 무시무시한 혈투를 생각하던 중, 어디서 주워들었는지 모를 격언 하나가 떠올랐다. '나무를 숨기려면 숲에 숨겨라.' 그리고 지금 내가 살아남을 수 있는 힌트를 얻었다. 나는 가까운 편의점으로 가서 핸드폰 충전기와 하드보드지, 노끈, 그리고 두꺼운 유성 펜을 샀다. 통장 마지막 잔고를 다 털어야 했다. 다시 돌아와 벤치 아래 콘센트에 핸드폰을 충전시키고 하드보드지에는 다음과 같은 문장을 적었다.

　　나는 마임 배우입니다. 투명인간이 제 목숨을 노리고 있습니다.

그 자리에서 인터넷 방송 계정을 만들고 핸드폰 카메라를 통해 라이브 방송을 시작했다. 말 그대로 미친 짓이었다. 예전이었다면 세상 쪽팔려서 고개를 들고 싶지 않을 만큼 한심한 꼴이겠지. 하지만 죽음의 두려움 앞에 참지 못할 수치심 따윈 없었다. 내가 하드보드지로 만든 팻말을 목에 걸고 인터넷 방송을 시작하자 사람들은 신기한 듯 모여들어 구경했다. 마음껏 비웃어라. 너희들은 투명인간에게 암살당하는 공포가 뭔지 모를 테지. 나는 내 목숨을 살리기 위해 음지에 숨는 대신 모든 것을 다 까발리고 양지에 나와 드러눕는 것을 선택했다. 비겁하고, 음습하고, 세상 앞에 자신을 드러내기 꺼리는 그들 조직이 이런 상태의 나를 죽이지는 못한다는 계산에서였다. 라이브 방송에는 한 사람도 들어오지 않았지만 주변의 이목을 끄는 데는 성공했다. 사람들은 대놓고 욕을 하거나, 흥미롭다는 듯 말을 걸어오기도 했다.

"신박하게 미쳤네, 젊은 놈이."

"혹시 유튜버세요? 이거 일종의 행위 예술이죠?"

그럴 때마다 나는 검지를 들어 쉿 하는 제스처를 취해 보였다. 그들은 이해하지 못할 것이므로 아무 말도 하지 않을 생각이었다. 지나가는 사람들은 기이한 내 모습을 사진으로 찍었고, 그 사진이 SNS에 퍼지자 몇 시간 뒤에 효과가 나타났다. 라이브 방송을 시청하는 사람들이 하나둘씩 늘더니 어느새 50명 가까운 사람들이 모여들었다. 그들은 채팅 창에서 내게 여러 질문을 쏟아냈다.

〔직업이 뭐예요? 진짜 배우?〕

"CF 한 편 찍은 배우 지망생입니다. 이름은 홍한수. 나이는 스물아홉 살."

〔노숙은 언제부터 한 거예요?〕

"오늘 처음 자리 잡은 겁니다. 전 노숙자가 아니에요."

〔투명인간이 왜 그쪽을 죽이려고 하는데요?〕

"투명인간과 관련된 질문은 일절 안 받습니다."

채팅 창을 통한 소통은 계속되었다. 그들이 장난삼아 선물한 편의점 기프티콘으로 밥을 사 먹는 모습도 보여줬다. 뿐만 아니라 화장실에 갈 때에도 나는 화면을 끄지 않았다. 묵인이 나를 습격한다면 이 방송을 보는 청취자들 전부를 증인으로 만들 셈이었다. 그러다 보니 내 방송은 의식주를 서울역에서 다 해결하는 노숙 라이브 방송으로 유명세를 얻었다. 자고 일어나자 청취자는 500명이 넘어 있었다. 내 어이없는 행각이 각종 커뮤니티 사이트와 SNS를 타고 유명세를 얻은 모양이었다. 나는 그 생활에 익숙해졌다. 주목을 받는다는 사실이 은근히 신나기도 했다. 대부분은 나를 미친 사람 취급하는 비아냥거림이었지만 개중에는 칭찬도 있었다.

〔배우 지망생이라더니 얼굴 괜찮은 듯.〕

〔CF 보니까 연기도 꽤 잘해. 대사는 없지만.〕

노숙 4일 차에 접어들자 내 벤치 주위로는 늘 구경꾼들이 있었다. 나와 사진을 찍자는 팬도 생겼다.

노숙 5일 차에는 심지어 지역 케이블 방송국에서 인터뷰를 나오기도 했다.

"투명인간으로부터 살해 위협을 받는다고 주장하는 화제의 인물 홍한수 씨! 저희가 드디어 만나 뵙습니다. 단도직입적으로 질문을 드릴게요. 왜 이런 개인 방송을 시작하게 된 겁니까?"

"제가 늦은 나이에 연기를 배우면서 무대예술과 실험극 공연에 흥미가 생겼습니다. 이건 제가 직접 연기하는 일종의 연극적인 실험입니다."

"오, 생각보다 정상적인 분이라서 깜짝 놀랐습니다. 그러니까 한수 씨의 예술을 위해 꾸며낸 이야기라는 말씀인 것 같은데……. 그럼 투명인간은 진짜 존재하진 않는 건가요?"

"생각하기 나름이겠죠. 전 대답하지 않겠습니다."

그러는 와중에도 나는 묵인과 저목장, 그리고 기영의 일을 잊지 않으려 노력했다. 증인도 증거도 목격자도 없는 이 일을 잊는다면 내가 나를 미친 사람이라고 생각할 것 같았다. 실질적으로 네 두 눈으로 본 것 중 무엇을 증명할 수 있냐고 묻는다면 할 말이 없었다. 혹자는 친구의 죽음 이후 환영과 환청에 시달리며 혼자 호텔과 저목장을 오간 것밖에 더 있냐고 매도할지도 모를 일이었다. 하지만 세상엔 보이지 않는 사람들이 있으며, 그들이 문명의 그늘에서 가축처럼 착취당했다는 사실은 내게 영원한 진실이었다.

노숙 방송을 하는 중에 새로 얻은 정보도 있었다. 시청자가 줄어든 새벽 시간에 인터넷 서핑을 하던 중, 본 적 없는 아람 목재에 대한 기사를 발견했다. 저목장에서의 사건이 있은 지 불과 이틀 뒤에 작성된 기사였다.

아람 목재 주용백 대표: "공격적인 투자로 한국 목재 산업 이끌 것."

산림목재신문이라는 인터넷 언론사에 실린 사진 속 주용백은 내가 직접 죽음을 목격한 주용백과는 다른 사람이었다. 아람 목재에서는 금방 새로운 대표를 내세울 거라던 사사녀의 말 그대로였다. 주용백은 인터뷰에서 전혀 새로운 목재 생산 방식을 통해 생산량을 늘릴 것이며, 다섯 개의 저목장을 신규로 확보했다고 전했다. 진의를 알아들은 나로서는 소름이 끼치는 얘기였다. 이 인터뷰는 일종의 선전포고라는 생각이 들었다. 묵인들의 전쟁은 아직 끝나지 않았고 이제 시작이었다. 나는 묵인들이 자신들을 보호해 줄 세력을 만난 것인지, 아니면 아람 목재에게 몰살당한 건 아닌지 걱정이 됐다.

노숙이 7일 차에 접어든 새벽, 깊은 잠을 자다가 문득 눈이 떠졌다. 구경꾼도 사라지고, 방송 청취자도 슬슬 줄어가는 시점이었다. 늘 무겁기만 하던 몸이 왠지 가벼워진 느낌을 받았다. 나는 자느라 놓친 채팅 창 목록을 살피다 아주 반가운 메시지를 발견했다.

〔십사남: 이제 당신도 자유야.〕

나만이 알아들을 수 있는 암호였다. 그 짧은 문장을 통해 나는 자유를 얻은 제2 저목장 묵인들의 일이 잘 해결되었음을 깨달았다. 아람 목재는 여전히 건재하지만 묵인들도 자신을 보호할 방법을 찾은 것이 분명했다. 그리고 자세한 내막은 모르지만 내 신변도 이제는 안전한 상태에 이른 듯했다. 참았던 피로가 몰려왔다. 새벽 기차를 타려는 승객들이 드문드문 보이는 시각, 나는 장장 172시간 동안 이어졌던 논스톱 라이브 방송을 끝내고 자리에서 일어섰다. 어디든 가서 자야겠다는 생각밖에 들지 않았다.

나는 곧장 반지하방으로 돌아가 깊은 잠에 빠졌다. 그리고 잠에서 깨어났을 때, 세상이 바뀌었다는 것을 알았다. 내가 우려했던 어떤 일도 일어나지 않았다. 묵인이 창틀을 휘고 침입해 내 목을 조르는 일도, 새로운 주용백 대표가 나를 수술 침대로 납치하는 일도 없었다. 인터넷 방송 채널에는 방송이 끝나 아쉽다는 후기들과, 상당한 금액의 후원금이 쌓여 있었다. 또 자신을 극단 대표라고 소개한 사람의 메시지도 와 있었다.

〔홍한수 씨의 방송을 너무나 흥미롭게 본 사람입니다. 한수씨의 이야기를 각색해서 무대에 올리고 싶습니다. 주연은 물론 한수 씨가 맡아주셨으면 좋겠습니다.〕

뛸 듯이 기뻤다. 오디션 한 번 안 봤는데도 알아서 캐스팅이 되다니. 게다가 주연 자리에. 극단 대표는 화제성이 가시기 전에 서둘러 각본을 완성했고, 정신없는 나날이 이어졌다. 합숙과 리허설, 그리고 공연까지 일사천리였다. 물론 작은 소극장에서의 공연이었고, 잠시 지나가는 웃기는 화젯감으로 남았을 뿐 내가 대스타로 떠오르진 않았다. 하지만 마음속에 더없는 자신감이 생겨났다.

자신감의 원천은 몹시 긴장하는 마음으로 올랐던 첫 공연에서 얻었다. 투명인간에게 습격당하는 파트에서 갑자기 허공에서 날아든 주먹을 실제로 맞았다. 연출자와 관중들은 두들겨 맞는 마임 연기가 너무나 실감났다고 극찬을 했지만 그것은 연기가 아니었다. 묵인이 나를 도와주었다. 그제야 나는 내 신변이 안전해진 이유를 깨달았다. 늘 두세 명의 묵인이 내 주변을 맴돌며 나를 알게 모르게 도와주고 있는 것이다. 묵인은 반드시 은혜를 갚는다던 사사녀의 말은 결코 거짓이 아니었다. 묵인들은 내게 말을 걸지 않았고, 나도 대화를 원치 않았다. 하지만 그들은 정확히 내가 원하는 것을 해줬다.

공연을 성공적으로 마치고 나서 연출가이자 극단 대표는 갑자기 태도를 바꾸어 연극에서 내 지분을 인정 않겠다고 선언하고 출연료조차 정산해 주지 않았다. 며칠 뒤 그는 우연한 사고로 계단에서 굴렀고, 다리가 부러져 병실에 입원했다. 병문안을 간 나에게 그는 덜덜 떨며 자신이 한 말을 모두 철회하고 그 자리에서 출연료를 현찰로 건넸다. '귀신 들린 놈'이라는 말과 함께.

연극이 다 끝났을 때 나는 투명인간의 시체를 치우면서 시작된 기묘한 모험의 첫 단원이 막을 내렸다는 실감이 들었다. 그제야 안심이 되어 집으로 돌아갈 생각이 들었다.

오랜만에 들른 집은 왠지 냉랭한 기운이 감돌았다. 그사이 내가 인터넷 방송으로 반짝 스타가 됐다는 사실도, 공연의 주연배우가 됐다는 사실도 가족들에게 알리지 않았다. 물론 가족들이 먼저 내 공연을 찾아오는 일도 없었다. 하지만 그들도 내게 있었던 일들을 알고 있을 게 분명했다.

"난 네가 부끄럽다."

주말 점심 식사 시간, 실로 오랜만에 네 가족이 둘러앉은 식탁에서 동생이 제일 먼저 꺼낸 말이었다. 점심 메뉴는 아빠가 좋아하는 꽃게탕이었다. 나는 허겁지겁 식사를 시작했고, 뻔뻔한 내가 다시금 부끄럽다는 듯 동생과 아빠는 혀를 찼다.

"한수야 네 아빠 좀 위로해 드려라."

엄마가 말을 꺼냈다.

"뭘 위로해?"

"이번에 클라이언트 완전 잘못 만났잖아. 네 아빠 때문에 자기 세금 폭탄 맞았다면서 골프채 들고 와서 사무실 집기 다 부셔놨단다. 사장이 아니고 조폭이었어. 그 새끼 떡대가 씨름 선수 같더라, 어쩐지."

"다친 데는 없어? 경찰에 신고를 하지 그랬어?"

아빠는 생각하기도 싫다는 듯 손을 저으며 고개를 돌렸다.

"우리 회사 제일 큰 돈줄인데 어떻게 신고해……. 그냥 해달라는 대로 해줘야지, 뭐."

"그런 거 잘못하면 나중에 아빠가 법적으로 덤터기 쓰는 거 아냐? 난 못 넘어가."

오랜만에 보인 내 단호한 반응에 가족 누구도 호응해 주지 않았다. 동생은 젓가락을 입에 문 채로 '네가 못 넘어가면 어쩔 건데?'라고 무언의 핀잔을 주었다. 하지만 나는 왠지 기분이 좋아졌다. 앞으로 있을 일이 너무 기대가 돼서 먹던 밥을 남기고 일어나고 싶을 정도였다.

"나한테 그 사장 연락처 좀 알려줘. 내가 요 몇 달 사이에 험한 일 겪으면서 무서운 친구들 좀 사귀었거든."

"연기하면서 껄렁한 놈들이랑 친구 먹었니? 아서라. 그 사장은 조폭이라니까, 조폭."

"조폭이건 뭐건 상관 없어. 내가 깔끔하게 해결해 줄 테니까 연락처랑 사무실 주소 좀 알려줘."

"자꾸 실없는 소리 할래? 너 뭘 믿고 그렇게 자신감이 넘쳐?"

왜냐면, 그 친구들은 눈에 보이지 않거든.

에필로그

    그로부터 한 달 뒤, 나는 서울 근교 위성도시에 위치한 '궁전 하렘마사지'라는 대형 마사지 숍으로 향하고 있었다. 아빠의 사무실을 난장판으로 만든 남자가 운영하는 영업장이었다. 아빠는 한사코 그의 신상 정보를 알려주려 하지 않았지만 내가 몰래 사무실을 열고 들어가 장부를 뒤지는 것까지는 막을 수 없었다. 그 남자의 이름은 곽두길. 이름처럼 항상 깍두기 같은 헤어스타일을 유지하는 그가 운영하는 사업장만 다섯 개였다. 이름만 사업이지, 사실상 깡패나 다름없는 범죄행위가 그의 돈 버는 방식이었다. 핸드폰 판매점에서는 중학생들을 대상으로 핸드폰 깡을 해서 경찰 조사까지 받았고, 중고차 매장에서는 지적장애인에게 침수 차를 강매해서 그를 자살에 이르게 만들었다. 내게 갑자기 탐정 같은 수사력이 생겨 알게 된 정보들은 아니었다. 단지 아빠가 관리해 주는 장부에 적힌 상호명을 인터넷 포털에서 검색해 봤을 뿐인데 괴담 같은 이야기들이 고구마 줄기처럼 줄줄이 나왔다. 매스컴에 보도된 것만 해도 이 정도였으니 작은 건수의 피해자들이 무수히 많은 건 자명한 일이었다. 서빙 아르바이트를 하는 주말을 제외하고는 모든 시간을 반지하방에서 곽두길의 정보를 캐내는 데 할애했다. 새 연기 학원도 알아봐야 했고, 오디션도 꾸준히 봐야 할 시기였지만 내 몸은 새로운 자극에 목말라 일상으로 돌아가길 거부하고 있었다.

피해자들이 만든 인터넷 모임에서 곽두길에 대한 얘기들을 더 캐낼 수 있었다. 수많은 악행에도 불구하고 그는 경찰에 출두 한 번 한 적이 없었는데, 업장마다 자신 휘하의 부하들을 바지사장으로 앉혀놨기 때문이다. 그리고 이곳, 궁전하렘마사지는 그 불법행위의 노른자 같은 곳이었다. 싸구려 이름에서도 알 수 있듯이 대놓고 퇴폐 영업을 하는 업소였는데 버젓이 일반 마사지 업소로 등록되어 있었다. 나는 곽두길의 행적을 조사하며 한편으론 그에게 고마운 마음이 들었다. 사실 아빠 사무실을 때려 부쉈다는 이유만으로 그를 혼내주기엔 너무 사적인 복수 같아서 마음에 걸렸다. 하지만 이 정도 위인이라는 걸 알았으니 공익을 위해서라도 그를 묵사발 내야겠다는 사명감이 생겼다. 아무 죄책감 없이 복수를 결행할 수 있다는 점에서 그는 최고의 목표물이었다.

온갖 마사지 전단이 더럽게도 붙어 있는 엘리베이터에서 내리자마자 유리문 너머로 붉은 조명을 켠 가게 내부가 보였다. 목욕 가운 차림으로 방에 들어가는 아가씨들과, 날티 나는 얼굴로 손님을 받고 있는 매니저가 영락없는 퇴폐업소의 일원들이었다. 문 앞에서 두세 번 심호흡을 한 뒤 업소 문을 밀고 들어갔다.

"안녕하세요. 예약하고 오셨어······."

매니저의 마지막 '요?' 발음은 입구 잠금장치를 잠그는 쇳소리에 묻혀 들리지 않았다. 문을 잠근 뒤 내가 돌아보자 웨이터도, 아가씨도 어리둥절한 얼굴이 되어 나를 봤다.

"문은 왜 잠그세요?"

"곽두길 사장님 좀 보려고요."

"말로 하시지 왜 문을 잠그시고······. 형사세요?"

"아뇨. 일반 시민입니다."

"일반 시민님이 무슨 용건으로?"

"곽 사장님께서 죄를 많이 져서요. 반성과 속죄에 대해 논의하러 왔습니다."

매니저는 미지의 생물체라도 발견한 표정으로 한참 동안 말없이 나를 봤다. 깡패도 아닌 것이, 경찰도 아닌 것이, 몸집으로보나 행색으로 보나 이런 데서 큰소리 칠 감은 절대로 아닌 녀석이 건방진 태도를 보이는 이유를 그는 짐작도 할 수 없을 것이다. 묵인들의 호위를 받게 된 이후 자주 듣는 말이 하나 생겼다.

'너 요즘 어깨가 쫙 펴졌다? 무슨 자신감? 공연이나 방송으로 갑부가 됐을 리는 없는데⋯⋯. 못 보던 사이에 로또라도 된 거야?'

연극을 보러 왔던 지훈이 내게 했던 말이다. 사실 틀린 말도 아니었기 때문에 나는 부정하는 대신 빙긋이 웃어넘겼다. 보이지 않는 것만으로도 두려운 존재인데, 거기에다 타고난 몸도 생체 병기나 다름없는 투명인간을 아군으로 뒀다는 자신감. 거기서 오는 든든함은 주머니 속 당첨된 로또와도 비교할 수 없는 것이었다.

"여기서 기다리쇼. 사장님 모셔 올 테니까."

매니저는 상황 판단을 유보한 듯 반말도 존댓말도 아닌 애매한 말을 남긴 뒤 복도 끝 방으로 들어갔다. 잠시 후, 방문이 삐걱 열리며 곽두길 사장이 나왔다. 사장과 그 뒤를 따르는 무리들은 머리 스타일만 깍두기 같은 것이 아니라 몸집들 또한 네모 반듯해서 거대한 카드 병정들이 나오는 것 같았다. 직접 마주친 곽두길의 인상은 소문 이상으로 험악했다. 하지만 나는 떨리지 않았다.

"곽 사장님은 영업을 참 지저분하게 하셨던데, 덕분에 애먼 사람이 자살까지 한 거 알고 있어요? 당한 사람도 한둘이 아닌데 배상은 한 푼도 안 하셨다죠?"

내 말을 들은 곽두길은 눈을 멀뚱멀뚱 뜨고선 주변을 둘러봤고, 양옆의 부하들은 눈을 더 크게 뜨고 어깨를 으쓱대며 저 미친놈이 왜 겁도 없이 설치는지 영문을 모르겠다는 몸짓을 했다. 그들의 표정을 살피는 사이 곽두길의 단단한 구두 끝이 배에 꽂혔다. 순식간에 명치가 뜨겁게 달아오르는 느낌이 들며 저절로 다리가 풀렸다. 말보다 발차기가 앞서다니, 역시 보통 상대는 아니었다. 하지만 이럴 때를 대비해 양팔과 복부를 두터운 신문지로 감싸둔 덕분에 의식을 잃는 것까지는 막을 수 있었다. 묵인들이 곽두길을 혼내주는 동안 내가 할 수 있는 일은 뭐가 있을까 하고 생각했을 때 떠오른 것은 적절한 방어구였다. 무기를 들고 있어봤자 조폭들을 상대하기엔 역부족인 데다가 나중에 형법상으로도 불리한 위치에 처할 위험도 있었다. 그러니 혹시나 모를 부상을 최소화하기 위한 방어구로 이 신문지 갑옷을 준비하는 게 나에게 적합했다. 내가 몇 겹의 종이로 포장된 명치를 부여잡고 숨을 헐떡이는 사이 곽두길은 내 머리채를 잡았다. 나도 모르게 회심의 미소가 나왔다. 오냐. 잘 걸렸다, 깡패. 넌 이제 죽은 목숨이지.

"이 또라이 새끼, 자해공갈단이냐? 깽값이라도 받으러 왔어?"

노트북 컴퓨터만 한 곽두길의 손바닥이 내 뺨을 후려치는 순간 정신이 번쩍 들었다. 어라, 묵인들이 나타나 줄 타이밍이 됐는데 왜 아무 일도 안 일어나지? 연달아서 픽! 픽! 픽! 소리가 고막에 울렸다. 곽두길이 화장실 발판 털듯이 내 얼굴을 신나게 때릴 동안 내 자신감 넘치던 태도는 어느새 쥐구멍으로 숨어버렸다.

"아이고! 잠깐만! 잠깐만! 말로 해요, 네?"

갑자기 태도를 바꿔버린 나의 비굴한 외침에 곽두길과 부하들은 웃음을 터트렸다. 하지만 거기서 끝날 기색이 아니었다.

"너 그 피해자 모임인가 하는 거지 같은 모임에서 나왔지? 가뜩이나 매상 떨어져서 기분 잡치는데 잘 걸렸어."

나는 곽두길 일당에게 붙들려 건물 지하 주차장으로 끌려갔다. 그사이 내 머리통은 농구공처럼 그들 사이를 이리저리 돌아다녔다. 정신을 차려보니 어느새 커다란 세단 뒷좌석에 타고 있었다. 곽두길이 내 왼팔을, 그의 부하로 보이는 또 다른 깍두기가 내 오른팔을 잡고 있어 탈출은 꿈도 꿀 수 없었다. 그 지경이 되도록 묵인들은 아무 간섭도 하지 않았다. 나는 불길한 생각에 휩싸였다. 혹시 출입구 문을 잠근 것 때문에 묵인들이 아예 못 들어온 걸까? 아니면 묵인들의 경호는 이제 끝난 걸까? 그조차 아니면 역시 투명인간은 전부 내 착각이었던 걸까?

세단은 캄캄한 야산으로 들어갔고, 차에서 내린 곽두길의 부하들은 삽으로 순식간에 큰 구덩이를 만들었다. 내 몸이 들어갈 구덩이였다. 이미 머릿속은 뒤죽박죽이 되어 이 모든 과정이 몽롱한 꿈같았다. 곽두길은 내 뒷덜미를 잡으며 구덩이 앞으로 이끌었다.

"얌전히 들어가. 새꺄."

"못 하겠어요."

"뭐? 얘 뭐라고 했니?"

정신이 번쩍 들었다. 내 입에서 튀어나온 말을 나조차 믿을 수 없었다. 의식보다 앞서서 내 몸이 온 힘으로 구덩이 앞에서 버티고 있었다. 그는 두꺼운 손으로 내 멱살을 움켜잡으며 재차 언성을 높였다.

"가오는 있다 이거냐? 너 여기에 보낸 그 피해자 모임 대표인지 뭐시기한테 전화 연결해라. 안 그러면 너는 여기서 피똥 싸고 시체 상태로 묻는다."

성난 멧돼지 같은 남자의 욕지기를 들으며 나는 상황에 어울리지 않는 엉뚱한 감상이 솟아올랐다. 갑자기 그들 모두가 우습고 같잖게 보였다. 방금 전 곽두길에게 본능적으로 저항했던 이유도 어쩌면 그 때문이었을까. 이전까지의 내 자신감이 온전히 묵인들에게 기댄 것이었다면, 지금 이 순간은 달랐다. 그건 사지에서 죽을 위기를 넘겨본 사람만이 가질 수 있는 오만함이었다. 불과 한 달 전까지 내가 어떤 존재들이랑 싸웠는지 상상도 못 하겠지. 너희는 오십녀라는 괴물과 제2 저목장에서 벌인 혈투를 꿈에도 그리지 못하겠지. 그런 생각을 하니 죽더라도 여기서, 이 시시한 존재들 앞에서 움츠리지 않겠다는 단단한 각오가

굳었다. 나는 곽두길의 팔목을 움켜쥐고 그의 눈을 똑똑히 봤다. 오히려 그의 얼굴에 당황한 기색이 번져갔다.

"잘 들어. 난 누가 보내서 온 게 아냐. 네 천박한 얼굴을 비웃어주러 혼자 온 거다, 삶다 건진 돼지 새끼야."

퉤. 말릴 새도 없이 그의 이마 정중앙에 내가 뱉은 침이 적중했다. 곽두길의 얼굴은 수천 갈래로 주름지며 일그러졌고 팔은 활시위를 당기듯 힘껏 뒤로 젖혀졌다. 온몸의 피가 증발해 버린 것처럼 오한이 들었다. 응어리진 말을 토해버릴 때의 해방감은 찰나처럼 지나가고, 수천 배 더 큰 폭력이 응분의 대가를 요구하며 덮쳐 올 순서였다. 이상하게도 눈을 감고 싶지 않았다. 모든 순간을 똑똑히 보고 싶었다.

그때 기적이 일어났다. 눈을 뜨고 있던 덕분에 나는 기묘하고도 반가운 광경을 목격했다. 곽두길의 뒤에서 껄렁한 포즈로 서 있던 부하들의 몸이 갑자기 처연한 안무를 하듯 이리저리 흔들리더니 픽픽 쓰러졌다. 저 혼자 고개가 돌아가고, 몸을 움츠렸다가 이내 실신한 듯 바닥에 머리를 처박아버리는 그들은 내공이 엄청난 마임 배우들처럼 보였다. 기쁨의 고함을 치고 싶었다. 묵인들이 드디어 나타나 준 것이 분명했다. 금방이라도 내 얼굴에 펀치를 먹일 기세였던 곽두길도 이상한 낌새를 느끼고 고개를 돌렸다. 댄스 타임은 이미 끝난 뒤였다. 부하 다섯 명이 흙바닥에 누워 있었다. 나는 그 틈을 놓치지 않고 힘껏 쥔 주먹을 놈의 인중을 향해 뻗었다. 가득 찬 쌀자루를 친 것 같은 둔탁한 진동이 손목으로 전해졌다. 곽두길은 양손으로 자신의 입을 감쌌다. 반격할 기회는 그에게 오지 않았다. 허공에서 강렬한 타격음이 들리는 것과 동시에, 마사지 업소 입구에서 내가 그랬던 것처럼 그는 배를 잡으며 주저앉았다. 숨을 고를 틈도 없이 바닥으로 푹 숙였던 얼굴이 코피를 분수처럼 뿜으며 재차 위로 솟구쳤다. 단 두 방에 곽두길이 쓰러진 뒤에도 폭행은 멈추지 않았다. 곽두길이 흙먼지를 풀풀 내며 바닥을 뒹굴고 살려달라 외치는 모습을, 환하게 켜진 세단의 전조등 불빛을 통해 구경할 수 있었다. 묵인들의 구타가 끝났을 때 내 눈높이는 곽두길보다 한참 위에 있었다. 간신히 숨을 고른 곽두길은 떨리는 목소리로 고함쳤다.

"너 뭐야? 배, 배트맨 같은 거냐?"

이 불가사의한 상황을 정의하는 곽두길의 비유는 왠지 기묘했다. 배트맨이라니, 그도 자신이 악당이란 건 알고 있는 걸까. 내가 대꾸 없이 한 발 다가서자 곽두길은 잔뜩 움츠러들며 핸드폰을 꺼내 조작했다.

"배상…… 배상하겠습니다. 지, 지금 당장 얼마라도 송금하겠습니다."

그의 핸드폰 화면을 내려다보니 놀랍게도 곽두길은 피해자 모임 사이트의 회원이었다. 아마 내부의 사정을 염탐하고 있었으리라. 당연히 후원회 계좌 번호도 알았다. 그는 스마트 뱅킹을 통해 계좌 잔액 수천만 원을 모두 후원회 계좌에 송금했다. 적은 돈은 아니었지만 업장 다섯 개를 운영하는 조직폭력배의 재산이 그것뿐일 리도 없었다. 적당히 이 상황을 무마하고 넘어가려는 심산인 게 빤히 보였다. 하지만 나 역시 어떤 식으로 정의 구현을 하겠다는 구체적인 계획을 가지고 온 것이 아니었기에 이쯤에서 넘어가 줄 수밖에 없었다. 곽두길은 엎드린 채 고개를 넙죽 숙였다.

"그냥 가주십쇼. 이 자세로 가만히 있겠습니다."

나는 그의 머리통을 꾹 밟아줬다. 바위처럼 단단하고 커서 오히려 내 발이 아파왔다.

"너 재산 훨씬 더 많은 거 알아. 대충 때울 생각 말고, 피해자 모임 자진 해산할 때까지 틈틈이 돈 넣어라. 안 그러면 언제 또 나타날지 몰라."

"네!"

내가 생각해도 카리스마 넘치는 멋진 대사였다. 곽두길처럼 어디서 눈치 한 번 본 적 없을 오만방자한 덩치를, 그것도 세상에 해악만 끼쳐온 더러운 놈을 벌벌 떨게 만드는 기분은 구름을 타고 승천하는 것 같은 쾌감이었다. 그의 말처럼 내가 배트맨이라도 된 심정이었다. 아드레날린이 솟구쳐 오른 나는 엎드린 곽두길의 주머니에서 차 키를 꺼내 산비탈 아래로 던져버리기까지 했다. 야산을 내려오는 발걸음은 날아갈 듯 가벼웠다.

산길 중턱쯤 다다라 도로가 보일 때, 나는 그만 다리에 힘이 풀려 휘청거렸다. 묵인이 내 겨드랑이를 잡고 부축해 주는 것이 느껴졌다. 흥분이 가라앉고 이성이 돌아오니 방금 전 상황이 얼마나 아찔했는지 뒤늦게 실감났다. 묵인들이 조금만 늦었더라면 나는 신나게 두들겨 맞은 뒤 땅속 굼벵이들과 통성명을 하고 있었을 것이다. 오른쪽 귓전에서 목소리가 들려왔다.

"생각하지 않고 행동한다더니 정말이군."

익숙하면서도 낯선, 도저히 적응하기 힘들 것 같은 묵인 특유의 목소리였다. 나를 도와준 묵인이 분명했다. 그가 내게 처음으로 말을 걸어온 순간이었다.

"그쪽은 누구예요? 우리 그동안 인사도 안 했네요."

"우린 삼칠녀, 삼팔남이다. 홍한수, 네 얘긴 우리들 사이에선 이미 유명하지."

"그동안 날 도와준 분들이란 거 알고 있어요. 근데 오늘은 왜 이렇게 늦게 나타났어요? 하마터면 땅에 묻힐 뻔했잖아요."

"뻔뻔한 성격도 듣던 대로군. 우리 조직은 바빠졌다. 일이 생겼기 때문이다."

"조직이라고 하면…… 제2 저목장 묵인들 말이죠? 다들 무사한가요?"

"제2 저목장은 모두 안전하다. 거기에 제3 저목장 출신들 일부까지. 우린 아람 목재에서 독립했다."

"잘됐네요."

"묵인은 계속 널 지켜줄 거다. 오늘처럼 무모한 일만 삼가면 더 안전하겠지. 보는 눈이 너무 많은 곳에선 묵인들도 티 나게 움직이기 곤란하다. 그것만 숙지하고 살면 서로 더 간섭할 일은 없을 거다."

대화를 하는 사이 산길이 끝나고 한적한 도로에 이르렀다. 불과 백여 미터 떨어진 곳에 지하철역이 있었다. 그걸 아는지 묵인들은 칼로 자르듯 말을 끝맺었다. 더 이상 대화를 이어가기 힘든 말투였다. 묵인들은 말 그대로 과묵했다. 사사녀 때처럼 내가 도울 일도 없어서 그들과 나는 더 이상 말을 섞을 이유가 없었다. 각자의 세계에 살아가기만 하면 될 뿐. 하지만 왠지 몇 마디 대화를 더 나누고 싶었다. 섬뜩하고, 엮이기 싫었던 그 보이지 않는 인간들이 내 마음속에서 이미 다른 의미로 바뀌어 있었다. 결국 못 참고 입을 열었다.

"아뇨. 궁금한 게 더 남았다고요. 이제 묵인들은 어디에 머물러요? 일이 생겨서 바빠졌다고 했는데 묵인들이 무슨 일을 하고 있는 거고요? 십사남은 잘 있나요?"

대답은 들리지 않았다. 마음이 허전해져서 나는 그만 도로 턱에 털썩 주저앉고 말았다. 이대로 집에 돌아갈 기분이 나지 않았다. 그사이 택시 몇 대가 내 앞에서 멈췄다가 다시 멀어져 갔다. 묵인이 입을 연 것은 그러고도 한참 뒤였다.

"너와 관계있는 일이 아닐 텐데."

"아뇨. 관계있어요. 묵인들은 나한테 은혜를 갚는다고 했으니 묻는 말에 대답해 줘요."

"우리 묵인들은 스스로를 지키기 위해 정보기관과 손잡았다. 하지만 이전처럼 종속되는 관계는 아니다. 일을 의뢰하면 우리가 해결해 주고, 그들은 우리를 국가 차원에서 보호한다. 더 이상 강압은 없다. 우리는 거처도 스스로 정하니까."

"그 거처는 어디인데요?"

"더 이상은 산을 가까이 하고 싶지 않아 바닷가 근처의 폐교에 살고 있다."

"상상도 못 한 장소네요."

"그리고 십사남은 건재하다. 십이녀와 함께 우리를 가장처럼 이끌고 있다. 네가 물어본 것은 모두 대답했다."

머릿속에서 으스스한 풍경이 절로 떠오를 정도로 묵인의 얘기는 흥미로웠다. 안 그래도 귀신 이야기의 소재로 많이 쓰이는 폐교라는 공간에 진짜로 보이지 않는 존재들이 머물고 있다니. 그것도 수십 명씩 떼 지어 말이다. 나는 거기서 멈추고 싶지 않아 한술 더 떴다.

"이상한 얘기로 들리겠지만 날 거기로 데려다줄 수 있어요? 십사남도 다시 만나고 싶고……. 아, 물론 당신들 일에 간섭 말고 얌전히 살라는 게 그쪽 묵인들 뜻이란 건 잘 알아요. 근데 난 그렇게 살고 싶지 않아요. 한번 그쪽 세계를 알아버린 이상 시시한 세계로 돌아가고 싶지 않다고요. 오늘처럼 끝내주는 일을 하면서 살고 싶다고요. 혹시 알아요? 제2 저목장 때처럼 내가 또 도움이 될지? 첩보전이라고 싸움 잘하는 요원만 활약하는 게 아니잖아요. 서로 공존하는 관계로 가는 거죠. 내가 도와준 만큼 당신들도 나를 더 크게 도와주고 말이에요."

곽두길이 생각 없이 내뱉은 배트맨이라는 말. 어쩌면 그 단어가 의도치 않게 내게 나아갈 길을 제시해 준 걸지도 몰랐다. 나는 평화로운 일상 속에 잠수한 채 아무것도 모른다는 듯 생을 끝낼 자신이 없었다. 이 이상하고도 오묘한 세계의 비밀을 향해 투신하고 싶었다. 거기서 영웅이 되든 목숨이 위태로워지든, 닥쳐오는 파도에 휩쓸리고 싶었다. 여기서 모험을 멈추고 싶지 않았다.

"제 핸드폰으로 차를 한 대 빌릴 거예요. 두 사람이 올라탈 수 있게 문도 직접 열어줄 거고요. 그때 차 내비게이션에 묵인들이 머문다는 그 폐교 주소를 살짝 눌러주기만 하면 돼요. 날 동료로 받아줄 건지, 아니면 이대로 서로 모른 척하고 살 건지 결정해요."

잠시 후 묵인의 대답이 들렸다. 지금껏 입을 꾹 닫고 있던 또 다른 묵인도 처음으로 말을 거들었다.

"넌 정말 제멋대로군."

"하지만 오랜만에 십사남을 만나게 해주는 것도 나쁘진 않겠지. 결정은 그가 할 거다."

둘 중 누가 삼칠녀이고 누가 삼팔남인지 분간할 수는 없었다. 하지만 걱정되진 않았다. 이제부터 알아가면 될 일이니까. 묵인들의 뜻을 이해한 나는 지하철역을 향해 몸을 돌렸다. 이제 갈 곳이 생겼다. 어두침침한 밤길이 더없이 신났다. 터진 입술도, 아직까지 쓰라린 명치도 신경 쓰이지 않았다. 멀리 보이는 도심의 불빛은 유원지 조명처럼 나를 두근대게 만들었다. 앞으로 일어날 일을 기대하며, 나는 보이지 않는 존재들을 향해 발걸음을 옮겼다.

- FIN

나는 실수로 투명인간을 죽였다

2022년 10월 5일 초판 1쇄 | 2023년 6월 12일 3쇄 발행

지은이 경민선
펴낸이 박시형, 최세현

책임편집 김혜정
마케팅 이주형, 양근모, 권금숙, 양봉호   **온라인마케팅** 신하은, 현나래
디지털콘텐츠 김명래, 최은정, 김혜정, 서유정   **해외기획** 우정민, 배혜림
경영지원 홍성택, 김현우, 강신우   **제작** 이진영
펴낸곳 팩토리나인   **출판신고** 2006년 9월 25일 제406-2006-000210호
주소 서울시 마포구 월드컵북로 396 누리꿈스퀘어 비즈니스타워 18층
전화 02-6712-9800   **팩스** 02-6712-9810   **이메일** info@smpk.kr

ⓒ 경민선 (저작권자와 맺은 특약에 따라 검인을 생략합니다)
ISBN 979-11-6534-588-4 (03810)

쌤앤파커스(Sam&Parkers)는 독자 여러분의 책에 관한 아이디어와 원고 투고를 설레는 마음으로 기다리고 있습니다. 책으로 엮기를 원하는 아이디어가 있으신 분은 이메일 book@smpk.kr로 간단한 개요와 취지, 연락처 등을 보내주세요. 머뭇거리지 말고 문을 두드리세요. 길이 열립니다.